근대 암흑기문학 정체성 재건

잡지 『東洋之光』의 詩　世界 〈Ⅱ〉

사희영 編譯

제이앤씨
Publishing Company

東洋之光

創刊號

京城 東洋之光社 發行

목 차

6

序 文

본 번역서는 그동안 소외시 되어왔던 근대잡지 『東洋之光』의 서지정리를 시도한 것으로 일제말에 이루어진 운문문학을 번역함으로써 근대에 활동한 한일 지식인의 운문세계를 고찰하는 데 그 목적이 있다. 문학의 암흑기라 칭해지는 식민지기에 발간된 잡지의 정체성과 서지 정리를 통하여 한국 근대의 문학적 아포리아를 규명해내고자 한다.

잡지란 일반 대중을 대상으로 하여 시사, 문예 등 다양한 내용들을 담아 정보를 제공하는 역할을 한다. 특히 근대에 발간된 잡지는 현재와 같이 미디어가 발달해 있지 않았기에 우리가 인식하고 있는 잡지 이상의 역할을 담당했던 매우 중요한 자료이다. 그럼에도 한국어로 발간된 잡지연구에 치중되어 일본어로 발간된 잡지는 한국 근대문학사의 중심도 주변도 아닌 '존재자체가 부정'되었거나, '친일잡지'라는 비판의 시선에서 외면되었다.

잡지의 표기언어가 일본어인데다 현대와 다른 표기법인 역사적 가나즈카이(歷史的仮名遣) 사용으로 인해 일본학전문가가 아니면 독해가 불가능했기 때문이기도 하다. 이러한 상황으로 인해 국문학 연구자의 접근이 어려워 연구가 미비한 실정이며, 연구의 토대가 될 수 있는 기초적인 데이터 정리나 세세한 작품분석이 매우 미흡한 실정이다.

최근 고려대학교 연구팀을 중심으로『조선 및 만주(朝鮮及滿洲)』를 비롯한 근대의 잡지연구와 출판서지사항을 정리해 나가고 있다. 하지만 아직『東洋之光』의 서지정리와 연구까지는 미치지 못하고 있는 실정으로 근대잡지『東洋之光』에 대한 간행물은 존재하고 있지 않다. 또한『東洋之光』은 각권 약 120여페이지 분량으로 영인본을 토대로 살펴보면 45권이 간행되어(1939.1~1945.1) 양적으로도 상당히 방대하다. 그만큼 개인연구가가 단기간에 서지사항을 비롯한 게재된 내용의 분석이나 번역에 어려움이 따를 수밖에 없다.

이런 쉽지않은 상황에서 『東洋之光』에 대한 서지사항을 정리하여 연구의 토대를 구축하고자 하는 것은, 근대잡지를 통해 일본어가 강요되고 문학적 주도권을 잃은 식민지상황에서 지식층의 헤게모니와 근대지식인의 문학활동의 양상을 잘 파악할 수 있을뿐더러 서양열강의 제국주의를 답습한 일본인의 오리엔탈리즘과 제국주의 양상을 잘 살펴볼 수 있는 역사적, 문학적 자료라고 확신하기 때문이다.

이에 우선적으로 『東洋之光』에 게재된 운문부분을 번역함으로써 국문학의 외연을 확장할 수 있는 연구토대를 만들고자 한다. 일제강점기 한국근대잡지로서 정치 경제 사회담론을 만들어가며 대중에게 많은 영향을 미쳤으나 친일잡지로 간주되어 연구적 기반을 마련하지 못했던 잡지 『東洋之光』을 번역하여 간행하고자 하였다.

본 번역서는 『東洋之光』에 게재된 운문을 번역 출판함으로써 후학들에게 근대문인들의 창작활동에 대한 자료로 제시할 것이며, 후학들의 교육자료로 사용할 수 있을 것이다. 또한 본 번역서를 통해 기초 자료를 구축함으로써 국문학을 비롯한 타 분야의 근대잡지에 대한 관심을 촉발시키고, 후속연구의 기반을 마련할 수 있을 것이라 사료된다.

근대문학자료 데이터베이스 구축을 위해 졸고의 출판을 마다하지 않고 흔쾌히 허락해주신 윤석현 사장님과 졸고를 위해 관심을 갖고 지켜봐주신 모든 분들에게 이 지면을 통해 감사의 마음을 전한다.

2023년 10월
편역자 사 희 영

≪잡지『東洋之光』의 詩 世界 <Ⅱ> 編譯書 凡例≫

1. 원본은 세로쓰기이나 번역본은 편의상 좌로 90도 회전하여 가로쓰기로 하였다.

2. 원본은 영인본 원문을 사용하여 작품별로 편집하였고, 번역본은 영인본에 맞추어 배치하였다..

3. 목차 순은 발행일 순이며, 페이지 순으로 배치하였다.

4. 작가명은 잡지에 게재된 본명, 필명, 창씨명의 표기를 그대로 표기하였다.
   - 작가사항은 첫 출현하는 게재 해당 연월의 목차 하단에 기재하였다.
   - 작가명이 정확히 알려지지 않은 일본인의 경우 일반적으로 불리는 요미가타를 한국어로 표기하였다.

5. 원문의 인쇄상태가 불량하여 문자확인이 불가능한 경우 "－인쇄불량으로 내용파악 어려움－" 또는 '■'로 표기하였다.

잡지 『東洋之光』의 詩 世界 〈Ⅱ〉

1942년 5월 『五月號』

君よ静かに思ひ給へ　　（同人）

今亜細亜の危急は亙く
我等の頭上にのしかかつてゐる
君よ！静かに思ひ給へ
二月の火空で
太古より大陸では戦争が続き
又太平洋の魚族の夢は破れた
氾濫する血の海！
咆哮する世紀！
我等はどうしても勝たねばな
らない――
北は寒く南は暑くとも

그대여! 조용히 생각하라

도쿠다 연현(德田演鉉, 조연현)

지금 아시아의 위급은 중하고
우리들 머리위에 덮쳐온다
그대여! 조용히 생각하라
2월의 넓은 하늘에
태고부터 대륙에서는 전쟁이 이어지고
또 태평양 어족의 꿈은 깨졌다
범람하는 피의 바다!
포효하는 세기!
우리들은 어떻게든 이겨내지 않으면 안된다
북쪽은 춥고, 남쪽은 덥지만

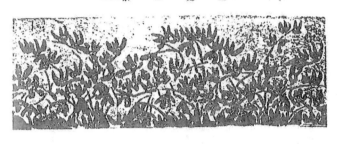

連翹の祭

寺本喜一

連翹の花が咲けば、
にはかに夜が明けてゆくやうだ
梅の花を見ると奈良がほのかに匂ひ出し
櫻の花を見ると京都がうかんでくる
そのやうに連翹の花が咲き出すと
私の故里はもう牛島になつてしまふ

やがて思ひ起す夢多かりし少年の日
連翹のあの餌かな黄色をそまゝ
右近の帯にしめた御下髮の
四條五條の乙女達のその日の殊更の楽しさに

개나리 축제

데라모토 기이치

개나리 꽃이 피면
갑자기 밤이 밝아져오는 듯 하다
매실꽃을 보면 나라가 은은하게 풍겨나오고
벚꽃을 보면 교토가 떠오른다
이처럼 개나리 꽃이 피어나면
나의 고향은 이제 반도가 되고 만다

이윽고 생각해 낸 꿈 많은 소년의 날
개나리의 그 선명한 황색을 그대로
우콘(右近)*의 허리띠를 맨 땋은 머리
시조(四條)** 고조(五條)***의 소녀들 그날의 특별한 아름다움에

----

* 우콘(右近):우콘에후(右近衛府)의 준말로 육위부(六衛府)의 하나로 궁중
  의 경비를 맡아 본 관아
** 시조(四條): 헤이안쿄(平安京)의 동서로 통하는 대로의 길.
*** 고조(五條): 헤이안쿄(平安京)의 동서로 통하는 대로의 길.

—祭　の　連　翹—

物も云へないほどあきれてゐた
あのあやめの咲いてゐた葵祭の日や
鉾の出るゴブラン織の豪華な祇園祭や
一幅鮨のおいしかつた時代祭など
私は深呼吸をしながらふつゝゝと思ひ出す
皆ての右近の帶をしめた乙女達は最早遠くへ去り
今日は黄色い上衣をつけた半島の少女達が
日だよりの温い土壁の所で遊んでゐる
紋白蝶のやうな連翹の花
小鳥のやうにひら〳〵飛んでゐる少女達
盲ら鬼をしてゐてふいと出て來た少女達
御早やう御座ゐます御早やう御座ゐますと
挨拶をしてくれる連翹の花
半島の津々浦々に連翹の祭が初まつた
さあこれからは連翹が私の祭となつてくれろ。

말할 수 없을 정도로 놀라고 있었다

그 붓꽃이 피어있던 아오이마쓰리(葵祭)*나

창이 그려진 프랑스제 고블랭직물의 호화로운 기온마쓰리(祇園祭)**나

고등어 기름 맛있던 지다이마쓰리(時代祭)*** 등

나는 깊은 호흡을 하면서 한없이 생각했다

모든 우콘의 허리띠를 맨 여인들은 이미 빠르게 사라져

오늘은 노란 상의를 걸친 반도의 소녀들이

양지 따뜻한 토벽에서 놀고 있다

배추 흰나비같은 개나리 꽃

작은 새처럼 훨훨 뛰고 있는 소녀들

술래잡기를 하고 있어 갑자기 나온 소녀들

안녕하세요 안녕하세요 하고

인사를 해주는 개나리 꽃

반도의 방방곡곡에 개나리 축제가 시작되었다

아아 이제부터는 개나리가 우리의 축제가 되어준다

---

  * 아오이마쓰리(葵祭): 교토 시모가모(下鴨) 신사와 가미가모(上賀茂) 신
    사의 제사로 5월 15일
 ** 기온마쓰리(祇園祭):교토의 야사카(八坂) 신사의 제사로 과거 매년 음력
    6월 7일부터 14일까지 하였으나, 현재는 7월 17일부터 24일까지 지냄)
*** 지다이마쓰리(時代祭): 교토 헤이안신궁의 마쓰리

頌　春（推鷹）

大島　修

暗い冬が去つて春が訪れた
今年も春が訪れた
南の方から北へ北へ櫻もだん／＼咲いて來る
鳥も唄ひ胡蝶も舞ひ
何時の世に變らぬ春は訪れて來た

されどあゝ此の春
此の春を歡ぶはそも幾人か
此の地に訪れて來たおぼらかな此の春を
背齋の窓よ閨房のおゝなよ
御前にも春は訪れたのだ

春來れど春知らず

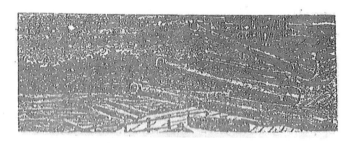

송춘(축천)

오시마 오사무

어두운 겨울이 가고 봄이 찾아왔다
올해도 봄이 찾아왔다
남쪽에서 북쪽으로 북쪽으로 점차 피어온다
새도 울고, 나비도 춤추고
어느 시대나 변함없이 봄은 찾아온다

그렇지만 아- 이 봄
이 봄을 기뻐하는 것은 몇사람일까
이땅에 찾아온 느긋한 이 봄을

서재의 할아버지여 규방의 할머니여
당신들에게도 봄은 찾아온 것이다

봄은 왔지만 봄을 모른다

一 春　　　襄 一一

春知れど春を歌はず
涯しない墓原に漂泊ひ
已れの墓を掘り
已れの墓に現はれた墓標を立つ

哀れなる爺よあらうなよ
御前の墓に御前の世の冬を埋め
御前の藏に立つ虚ろなる墓標に
御前の世の枯死した魂を刻め

暗い冬が去つて春が訪れた
おぼらかな此の地の此の春
爺よあらうなよ
若人と共に乙女と共に
春の野に花を摘まち
春の野に花を摘んで樂しまう
爺よあらうなよ
已れの胸々にも花を翳して
櫻が花を

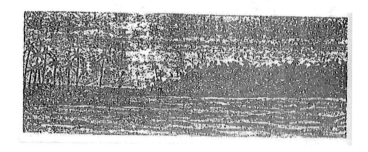

봄을 알아도 봄을 기뻐하지 않는다
끝없는 묘지에 머물러
우리들의 묘지를 파내고
우리들 묘지에 저주의 묘비를 세운다

불쌍한 할아버지 할머니여
그대들의 묘지에 당신들의 세상의 겨울을 묻어라
그대들의 묘에 세울 공허한 묘비에
그대들의 세상의 고사한 영혼을 새겨

어두운 겨울이 가고 봄이 왔다
대범한 이 대지의 봄
할아버지 할머니여
젊은이와 함께 처녀들과 함께
봄의 들판의 꽃을 꺽자
봄의 들판에 꽃을 따서 즐기자
할아버지 할머니여
우리들 가슴 가슴에도 꽃을 꽂자
벚꽃을

天然の「粉石鹸」をもみ洗ふ毛布にまどろめば

丸木造り寢舎の炉はあか〳〵と火を慕ふ

常夏の南洋の汗思ふ眼には冬の壁さえぎり

華々しき赤道のいさほ聽く腕は嘆けど

獣々と殿はず勝つ守りを踏みしめる

とゝ北邊の冷たき碧の石々は微動もせず

冬は遂はねど春はやがて東より――

천연의 '가루비누'를 문질러 씻은 모포에 잠깐 졸면
통나무로 만든 야영지의 꿈은 새빨간 불을 그리워한다

늘상 여름인 남태평양의 땀을 생각하는 눈에는 겨울 벽이 가로막고
눈부신 적도의 공로, 실력을 한탄하지만
묵묵히 싸우지 않고 이겨 수비를 다진다
여기 북방(北辺)의 차가운 요새의 돌들은 미동도 하지 않는다

겨울을 쫓아내지 않아도 봄은 이윽고 동쪽에서 ──

1942년 5월 『五月號』 29

野にさまよへる魂も原始林の陰に瞑想へば
あはれ牧童は花嫁の身代を夢見るか
陽當りに生みたる十二匹の子豚を抱き眠ぐ

つや〳〵と生命の血が踊ふ白樺の幹裁に
四億の大いなる圖暦目覺める麥のやう
蝸牛うごめき遲き匍ひ登る身の上に
太陽の愛と風のしづくが恵まれてあれ

演習のひまに耕す屯田の土くろ〴〵と腕開き
はるか大和の豐原に閃く妹の鍬とひと筋
東亞の新りを一粒々々に蒔く神々の手よ
この樂土に根ざす一株の草花もいとしく守る

（頭韻頭詩集・第四十六篇）

들판에 방황하는 이리도 원시림의 그늘에 아내를 그리워하면
불쌍한 목동은 신부의 재산을 꿈꿀까?
양지에 갓 낳은 열두마리의 새끼돼지를 안고 난리다

반지르르하게 생명의 피가 통하는 자작나무의 줄기껍질에
4억의 거대한 국체(國體)에 눈뜨는 모습처럼
달팽이 꿈실대고 꿈틀대어 기어 올라가는 처지에
태양의 사랑과 별의 물방울이 은혜로워라

연습하는 틈틈이 경작하는 둔전 땅이 새까맣게 가슴을 펴고
먼 야마토의 도요하라(豊原)에 번쩍이는 누이의 괭이와 한줄기
동아의 기원을 한알 한알 뿌리는 신들의 손이여
이 낙토에 뿌리내리는 한 포기 풀꽃도 사랑스럽게 지킨다

(아시아시편 제46편)

南北詩抄

北邊の春

金村龍濟

結晶と眼を壺よ明るい靜寂の涯て
燈ともる裸の樹々は氷湖の柱を並べ
白がねの花光る棺は凍天の碧を刺す
と〻北緯五十度の銃煙に息は霜を吹き
還來れば地を照らし、風立てば檣に鳴くさ中
スキーに躍る神わざは白虎の尾をつかむ

남북 시 선집

가네무라 류사이(김용제)

북방의 봄

반짝반짝 시선을 빼앗는 밝은 고요하고 적막한 물가에서
눈 쌓인 벌거숭이 나무들은 빙해의 기둥을 늘어뜨리고
하얀색 꽃이 빛나는 나뭇가지는 꽁꽁 언 푸른 하늘을 찌른다.
여기 북위 50도의 총검에 호흡은 서리를 뿜어낸다

구름이 오면 땅을 누르고, 바람이 불면 옆으로 소리를 내는 가운데
스키 타는 귀신같은 솜씨는 백호의 꼬리를 잡는다

亞細亞は純粹に亞細亞のもの

なのだ——

大なる悲しみが大なる不幸が

我等小さき肉體を埋めるとも

君よ靜かに思ひ給へ！

頑闘と首を曲げない男の美

しさを——

膝つもののみが持つ正しさを——

我等創生に發す

火の子の群！

矜特は飄鼠の象徴の如く胸にた

ぎるを——

아시아는 순수한 아시아의 것이다 ──

커다란 슬픔이 커다란 불행이
우리들 작은 육체를 묻는다해도
그대여 조용히 생각하라!

완고하고 고개를 숙이지 않는 남자의 아름다움을 ──
승리한 자만이 가지는 정의를 ──

우리들은 창생에 덮혀 가려진다
불의 아들의 무리!
긍지는 조국의 상징과 같이 가슴에 용솟음치는 것을 ──

松花江邊

銃後の人々の眼
みな南の喜びに輝きくらむ時
私は若松の花咲くを見て・
容運き北邊の勞苦にしみ〴〵思ひを馳せる

雪にとざされた大陸と共に賓業なく
水を湧かして朝夕の飯を炊く極寒の地
もうそろ〳〵追い防寒具を脱ぐだらうか
温い爐間軽幕の火はとぎれぬだらうか

かの太平洋の壯快なる勝報を聞くにつけ
私はあなた達の後衛の無敵を思ふ
風雪去來する黒龍江の不意の氾濫を守り拔く

송화강변

후방 사람들의 눈
모두 남쪽의 기쁨에 반짝이며 눈부셔 할 때
나는 어린 소나무 꽃이 피는 것을 보고
늦은 봄 북방의 고생을 마음속 깊이 느끼며 이것 저것 생각한다

눈에 폐쇄된 대륙과 함께 말도 없이
얼음을 녹여서 아침 저녁밥을 하는 극한의 땅
이제 곧 무거운 방한구를 벗을까?
따뜻한 위문담배의 불은 꺼지지 않게 될까?

저 태평양의 웅장한 승전보를 들을 때 마다
나는 당신들의 무적의 후방을 생각한다
풍운 왕래하는 흑룡강의 불의의 범람을 지켜나간다

「平和の石を抱き……歐洲と誇らむ勇士達

挑花江の氷も流れて約齡の歌などみ、
路なき地球の緯度を今年の燕はまだ來ぬか
空襲の恐れなく整を登み夜を眠る
京城の街より私はかたじけぬ手を擧げる

（題韻詩集・第四十七篇）

南へ往く

その前の夜も
母はいそ〲と
息子のメリヤスを擂つた

その朝早くから
彼は心をこめて飯を炊ぐ

평화의 돌과 총으로 묵묵히 자랑도 하지 않는 용사들

주화강(楼花江)의 얼음도 녹아 흘러 연락선 뱃노래로 가득하다
길 없는 지구의 경도를 올해의 제비는 아직 오지 않는가?
공습을 두려워하지 않고 낮은 일하고 밤에 잠든다
경성의 도로에서 나는 황공하게도 손을 들었다

(아시아시집 제47집)

남쪽으로 가다

그 전날 밤도
어머니는 부리나케
자식의 메리야스를 기웠다

그 아침 일찍부터
어머니는 마음을 담아 밥을 짓는다

息子の箸のあげおろしを見守つた

「み國のために行くならば‥‥

母さにめげず働きなさい」

母はくり返して云ひ含めた

「お給金もどつさり戴けるから

妹の鉛筆や着物が出來ませう」

息子は兄らしくにこ〴〵笑つた

長者の家の母がその子らを

都の學校へ送るよりも淋しがらず

またそれよりも喜んで眼をうるませた

息子の旅立つ姿りりしく

南方へ往く建設の若者は

자식의 젓가락이 오르내리는 것을 지켜보았다

"나라를 위해 간다면……
더위에 지지말고 일해라"
어머니는 반복해서 알아듣게 말했다

"급료도 듬뿍 벌수 있으니
누이의 장롱이나 의복을 준비할 수 있겠지요"
아들은 오빠답게 싱글벙글 웃었다

장손 집안의 어머니가 그 아들들을
도시 학교에 보낼 때보다도 쓸쓸해하지 않고
또 그때보다도 기뻐하며 눈을 붉혔다

자식의 여행길에 오르는 모습 용맹하고
남방에 가는 건설의 젊은이는

たゞ鞭は固く頼は大きく輝いた

「お前とも亡村に行きたいが・・・・
あちらの水牛に負けず家で働け」
息子は牛の鼻頭を叩いて飛んで行つた

（東細亜詩集・第四十八巻）

南に・北に

一つの村の親しき友ら
巣立ち行く季節の鳥の翼を分けて
君はまだ冬シャツを行李につめ
我れは四季を廻る夏のもの
「この御時勢ぢや老ぼれわしも

단지 주먹은 굳게 이마는 크게 번쩍였다

"너와 함께 가고 싶지만 ……
저쪽의 물소에 지지 않도록 집에서 일해라"
자식은 소의 코끝을 두드리고 뛰어 나갔다

(아시아시집 제48편)

~~~~~~~~~~~~~~~~~~~~~~~~~~~~~~~~~~~~

남쪽으로 북쪽으로

한 마을의 친한 친구들
보금자리를 떠나가는 철새의 깃털을 나누고
너는 또 겨울셔츠를 고리짝에 담아
나는 사계절을 입을 여름 옷을

"이 시대의 기세면 늙어빠진 나도

擬管吹はへてよらく＼＼出来ぬ
五段や十段の田畑が何んのその」
國をのばして、笑顔はかくしやくと

いくさのあとの瓦屑を拾ふとも——
若人の路は遠く希望の空
守るは銃後の家の石ばしら
行くは御後盾の光りの沺てに

君行けば北の大陸に豆と麥
指にも鍬にも穂を咲かさん
我れ行けば南の園の共榮の友
眠れる鑛脈を拓き、果實を富ますさん

（原稿原詩集・第四十九輯）

담뱃대 물고 어슬렁 어슬렁 할 수 없다
5단이나 10단의 전답이 뭐람"
허리를 펴서, 웃음 띤 얼굴은 기력이 정정하고

가는 곳은 천황의 위광(御稜威)의 빛 주변
수비는 후방 집의 디딤돌들
젊은 사람들의 길은 멀리 희망의 하늘
전쟁 파편의 쓰레기를 줍더라도 ——

네가 가면 북 대륙에 콩과 보리
손가락으로 괭이에도 벼를 꽃피우지 않을까
내가 가면 남국의 공영의 친구
잠든 광맥을 개척하고, 과실이 풍부하지 않을까

(아시아시집 제49편)

徵兵制實施記念號

青年學生との感激

東洋之光

六月號

1942년 6월 『六月號』

――春爛漫――

春爛漫

中野鈴子

樹々花つけ
陽炎燃へ
地上に満つ　たのしき命
命あふれ
咲きさか
天地のうたげ
君は往く
君は發つ
死して生きんとし

봄 난만

나무들마다 꽃이 피어
서광이 타오르고
지상에 가득찬 즐거운 생명

생명이 넘쳐
피었는가
천지의 잔치
그대는 간다
그대는 출발한다
죽어서 살기위해

―春　爛　没―

一つの命
千百の
君が青春

この春　爛漫として
君こゝに捧げんとす
君が幸　かなしみ
才能　力　美しさ
ながき　はるかなる
それら一切のもの
君こゝに捧げんとす

하나의 목숨
천백의
그대들의 청춘

이 봄 꽃이 활짝 피어 난만하고
그대 여기에 바치려 한다

그대의 행복, 슬픔
재능, 힘, 아름다움

오랜 머나먼
그들 일절의 것
그대 여기에 바치려 하네

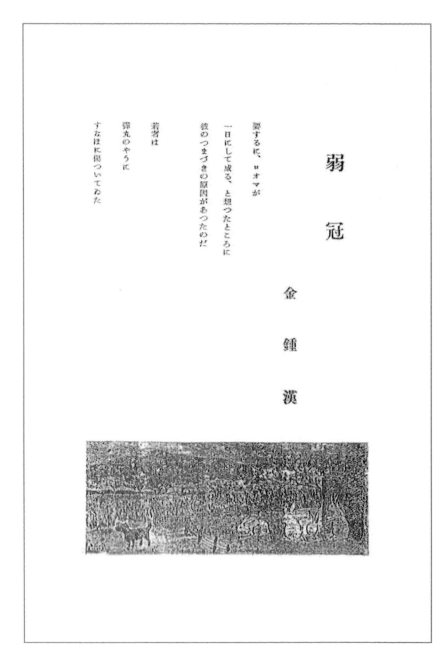

弱冠

金鍾漢

要するに、ロオマが
一日にして成る、と想つたところに
彼のつまづきの原因があつたのだ

若者は
彈丸のやうに
すなほに傷ついてゐた

약관

김종한

요컨대 로마가
하루에 이뤄졌다고 생각한 것에
그의 실패 원인이 있는 것이다

젊은이는
탄환처럼
솔직하게 상처입고 있다

思考で跛れたベツトの中で
めざめてみると
朝であつた
朝であつた

一本のタバコを、
しみじみと吸ひをはると
スツと、彼は立ちあがつた
もひとつのロオマを
建設するために、といふよりも
ふるぼけた風俗の中で
もひとつのつまづきを體驗するために

생각에 뒤척이던 침대위에서
깨어보니
아침이었다
아침이었다

담배 한 개피를
한모금 한모금 다 피우고서는
스윽- 그는 일어났다
또 하나의 로마를
건설하기 위해서라기보다는
낡아 퇴색해진 풍속 속에서
또 하나의 실패를 체험하기 위해

1942년 7월 『七月號』

徴兵詩抄

祈り

〈徴兵の感激その二〉

金村龍濟

金色の雲の上
天翔ける神の槌
はやぶさの翼を掃ふ
神明の甍は
響き晴れたり
ああ 二千四百萬
醒めやらぬ星むれ

징병 시 선집

가네무라 류사이(김용제)

기원
(징병의 감격 그 두 번째)

금색 구름 위로
하늘 날개 펼치는 신의 채찍
매의 날개를 펼친다
신명의 목소리는
맑게 울려퍼진다

아아! 2천4백만
각성하지 못한 별들

眞襲の正夢に
今爛々と心おのけのり
大いなる神のみわざ
我らが五本の指の中に
現はれてあり
握られてあり
すめらぎのみいくさ
新たなる楯は勇まし
捧げるつるぎは貴し
我らが愛する

한낮의 사실과 일치하는 꿈에
지금 칼날과 마음이 훌륭히 맞추는
위대한 신의 기술
우리들 다섯 손가락 안에
나타나 있고
쥐어져 있고
천하를 통치하는 천황의 전쟁
새로운 학모는 용감하다
받드는 검은 존귀하다

우리들이 사랑하는

弟は百萬

君らよくぞ男に
よくぞこの代に
うるはしの極みの軍族の下
生けるしるしあり
死して不滅のほまれあり

若きいのち捧げて
ひとしく國防の林となれと
恩命の鉞は授けられたり

槌もての石と鐵の手
鍬もてる土と草の手
櫓もてる海と魚の手
我らが手の中の手
百萬ここに結ばれる時
なつかしき戦友の
戦友の誓葉は榮え行かん

남동생은 백만의
그대들 멋진 남자로
잘도 이 세상에
더없이 아름다운 군기 아래에
살아있는 정표라네
죽어서 불멸의 명예 있으리

망치를 든 돌과 철의 손
괭이를 든 흙과 풀의 손
그물을 든 바다와 물고기의 손
젊은 목숨 바쳐서
똑같은 국방의 숲이 되라고
사명의 총은 내려졌다

우리들의 손에 손으로
백만 여기에 맺어진 때
그리운 전우의
전우의 말은 번창해간다

君らみな起たんとす

水火の中へ征かんとす

大いなる光の中へ──

祖國の名にこそ！

我らが旗の祈りは一つなり

君らが壯行を送らんとす

君らが凱旋を迎へんとす

（亞細亞詩集第五十二篇）

學生に

（徵兵の感懷その三）

眞理の頭蓋に誇る

その學帽ら

青春の彈肉に裂くる

その制服ら

この感激の瞬間より

嚴肅なる軍帽の思ひなり

그대들 모두 일어나려 한다
물과 불 속에 출정하려 한다
위대한 빛 속으로--
조국의 명예야 말로
우리들 깃발의 기원은 하나이다
그대들의 성대한 출발을 배웅하려고 한다
그대들의 개선을 맞이하려고 한다

(아시아시집 제53편)

학생에게

(징병의 감격 그 세 번째)

진리의 선구자임을 자랑하는
그 학모들
청춘의 육탄에 찢기는
그 제복들
이 감격의 순간이
엄숙한 군모의 마음이다

緊張せる軍服の思ひなり
露草を蹴る朝の野に
風擦ゆる額の汗にさへ
血を流す負傷兵の姿が
眼にしみて浮ぶなり

射撃の悩的悉く
敵の鐡眼に見えたれば
必死の狙ひは百發百中なり
昨日までの敎練すべて
眞似ごとに似て恥を覺えたり

六年間の新聞ニュースに
我れ勝てば當り前の氣がし
戰死者あまた條ればれば
貴き犧牲と口で云ひたれど
代數に臨む態度そもなかりしや

긴장하는 군복의 마음이다

길가의 풀을 발로 차는 아침 들판에
바람 타오르는 이마의 땀마저
피를 흘리는 부상병의 모습이
눈에 스며들어 떠오르네

사격의 표적 모두
적의 총안(銃眼)이 보이면
필사의 조준으로 백발백중하고
어제까지의 교련 모두
흉내내는 것과 닮아 창피함을 느낀다

6년간의 신문 뉴스에
우리가 이기면 당연한 기분이 들고
전사자(戰死者) 무수하다고 전해 들으면
고귀한 희생이라고 입으로는 말하지만
대수(代數)에 임하는 태도 딱히 그렇지도 않다

眞夏の詩

村娘らの茶燒のかめが
柔かい寤の陽に光つてゐた
井戸の水味も
井戸つづきの畑の色も

されど
この五月九日の夕刊より
そは我が學生らの
生ける歴史の書とはなりたり
一つ一つの黒き活字の裏に
若き血潮を眞紅に燃やしたり
そとに祖國の運命と
我が身の生死をちかに見つめたり
征きて戰はんと誓ひをるなり

（冠親旻詩耶第五十三篇）

그러나
이 5월 9일의 석간으로
그것은 우리 학생들의
살아있는 역사의 책이 완성되리라
하나 하나의 검은 활자 뒤에
젊은 피를 새빨갛게 불태운다
거기에 조국의 운명과
우리들 생사를 가까이에서 보고
출정하여 싸우겠다고 맹세하고 있다

(아시아시집 제53편)

한 여름의 시

마을 아가씨들의 도자기 굽는 옹기가
부드러운 봄 햇볕에 빛나고 있다
우물의 물맛도
우물에 이어진 밭의 색도

娘らの唄のやうに移つて行つた
雲雀の巣らは違うに
麥秋の曆と共に炎上してゐた
うす棠に似た大提の花は
蕎麥のにほひと吹き變り
季節の風と光りは更に白熱化した

黒い土の心は
むしむしと火の息を吐き
青い稲田の海は
たけたけと波を打つた
永き祖先の散々に
譽々と鍬振ふ大地の孫は自
赤銅色の戰列に
眞夏を我が世の娘であつた

石をも呑みこなす

아가씨들의 소문처럼 번져갔다
종다리의 집들은 멀고
가을보리 향기와 함께 타오르고 있다
옅은 보라색을 닮은 무 꽃은
보리향기로 다시 피었다
계절의 바람과 빛은 더욱 백열화(白熱化)되었다

검은 흙의 마음은
무덥게 불의 입김을 뿜어내고
파란 논의 바다는
모두 파도를 쳤다
영원한 선조의 밭두둑 이랑에
부지런히 괭이를 휘두르고 대지의 손주는
적동색의 전열에
한여름 우리 세상의 개미였다

돌들도 삼키고 부수었다

大いなる力の胃袋は
節米の粟飯を
切りつめた二さじ三さじ
生水でかき込んで我慢をした

照りすぎて
小魚や蛙が焼けついた川床に
乾いた砂底から水を堀る女たち
また洪水の闇の夜に
崩れ行く堤防を守るため
我が裸身を抗と打ち込む男たち

知てば立て
立てば歩めと――
二百十日の火と水の中
みのりの根と花は痛々しく
血汗の土の手を頬はしてゐる　（現代亞詩集第五十五篇）

위대한 힘의 위장은
절미(節米)의 조밥을
깍아담은 두, 세 숟가락
생수로 긁어먹으며 참았다

심한 가뭄에
작은 물고기와 개구리가 말라비틀어진 강바닥으로
건조한 모래바닥에서 물을 파는 여자들
또 홍수진 어두운 밤에
무너져 가는 제방을 지키기 위해
우리의 알몸을 구덩이에 처박은 남자들

포복하다 일어나고
일어나면 걷고 ──
2백 10일을 불과 물 속으로
결실의 뿌리와 꽃은 애처롭고
피땀의 흙 묻은 손을 떨고 있다

(아시아시집 제55편)

東洋之光

八月號

東城　行 發　社光之洋東

1942년 8월 『八月號』

異土

鄭芝溶

生ひ立てる地はそもいづこ
埋もるる處涯てまで進まむ

夢みる如くあこがるべきや
古里のさがこそ迷信なれ

つばくろも息切らす山を越え
赤道ま下なる兵船らの行手を見よや

이토

낳아 자란 곳 어디인고
묻힐 땅끝까지 전진하자

꿈꾸는 듯이 그리워하리라
고향의 관습이야말로 미신이 되어라

제비도 거친 숨을 쉬는 산을 넘어
적도 바로아래 병선(兵船) 가는 곳을 보라

咲きたる花のごとくまた散れば

海の上にも墓はしるし立てむ

弾丸に傷づき火薬を積みてかちえたる

忠誠と血潮の美しき土にてそ

職は必ず勝てばとそ

積詩くは古き信仰なればとそ

かりがねの氷き列とゝに翼を收めたり

光の中に我が家人は七つの獄を入れむ

（金　村　龍　濟　譯）

피었던 꽃도 다시 지면
바다위에도 무덤의 표식이 세워진다

탄환에 상처 입고 화약을 쌓아 쟁취하리라
충성과 피의 아름다운 흙이야말로

싸움은 반드시 이기는 것이야말로
씨를 뿌리는 것은 오랜 신앙이 되기때문에

기러기 긴 행렬 여기에 날개를 접었다
빛 속으로 우리 가족은 7개 팽이질을 한다

<기무라 류사이(김용제) 역>

神州風しの

趙　宇　植

——けふも鳳は空を流れる——

無常に陽ざしは遊れ
雲の變貌は　宜心の戯れにも似て——

電ひなき現世の空間に
僕は生長し　友は戰塲へさり
魅惑する建設の顔に　海撰を探つて
數多き道程に残る　我が兄弟の孤獨よ。
痩身に强靭な侍秩を帶ひ
視力なき眼に　希念を燃ませて、
歴史の花を映やし　凝視する情感

신국의 바람

—— 오늘도 바람은 하늘을 흐른다 ——

무상하게 햇살은 흘러가고
구름의 변모는 동심의 장난과도 닮아서 ——

휴식없는 현세 공간에
나는 생장하고 친구는 전쟁터로 사라졌네
매혹적인 건설의 얼굴에 바다 표식(海表)을 찾아서
수많은 노정에 남은 나의 형제의 고독이여!
야윈 몸에 강인한 전통을 걸치고
시력없는 눈으로 희망의 염원을 빛내고
역사의 꽃을 비추고 응시하는 정감

桜花の散華する抒情
輝く祖国の若き征夫らよ。

いま帆柱に季節の兆候は孕み
老衰への萎き現の喫々たる門典に
饒かなる襞を展げて
とよなき島嶼に朝の恵みの感謝を送り
沈める先人の靠る胸に。汝の烈き涙を捧げて
疚しい良心を愛する流浪の子よ
薄紗の愚念をたれて・慰める眼、
悠遠に・神話を抱ける神州の風よ。
見る宇宙の使者、雲と闇の間を縫つて
搖籃の森、現實の場所に
御窄の多に漂泊ふ生は生れ出て
歩行のうづきに禁斷の果──
ゆるやかに・或るひは蕭遠く

82 잡지 『東洋之光』의 詩 世界 <Ⅱ>

벚꽃으로 산화하는 서정
빛나는 조국의 젊은 출정하는 남자들이여

지금 돛대에 계절의 징후는 담겨
노쇠로 가는 영혼의 낭랑한 깊은 곳에
풍성한 잔치를 벌여
각별한 섬에 아침 은혜의 감사를 보낸다
가라앉는 선인의 자는 가슴에 그대의 뜨거운 눈물을 바치고
꺼림직한 양심을 사랑하는 유랑의 자녀여!
얇은 비단(薄紗)의 사념을 드리워 흐려진 눈
아득히 먼 신화를 품은 신국의 바람이여!
저주하는 우주의 사자, 구름과 비사이를 뚫고
요람의 숲, 현실 장소에
정숙하고 아름다운(窈窕) 꿈에 방랑하는 생은 태어나서
보행의 아픔에 금단의 과실 ──
완만하게 또는 민첩하게

己れの座像を彩る創意の鬼よ。
尊敬と素朴に　假睡の赤子よ。
敢へなき表象に　曉天の生氣を認むるか──

鬼よ。波瀾を蹴つて　爭鬪を生み
新鮮な空氣と平和と秩序の舞を誘ひて
清淨な海慄を　愛するものよ。
道巷らしめ　育容をうばひ
吃咲せしめ　肉體をはばみて
醉ひとれの族に　滿喫を迎へ
暗き暴逆の號に
深淵な愛の情念を祈る精よ。

虚しく舵をとり
敢なく若さを口笛吹き流す

자신의 좌상을 채색할 창의의 바람이여!
존경과 소박함으로 옅은 잠을 자는 적자(赤子)여!
덧없는 표상에 온천의 생기를 인정할까 ──

바람이여! 파도를 차고 전쟁을 낳고
신선한 공기, 평화와 질서의 춤을 유혹하네
청정한 바다의 표식을 사랑하는 자여!
성난 파도처럼 청춘을 사로잡고
포효하며 육체를 주눅 들게 하고
취한 족속으로 만끽을 맞이하라
어두워 난폭해진 그늘에서
심연한 사랑의 정념을 기원하는 정령이여!

허무하게 사람을 이끌어
덧없이 젊음을 휘파람에 날리네

鳥類の翔きに
風よ
すみやかに夢を醒ませ
孤獨なる汝の魂に
豐饒な諧音を奮らしめよ、
生ましめよ。

いまなほ
頭上に灼熱する太陽の讃歌はつゞき、
兵站の庭に・涸渇された青春の泉が
嚴かに　君を待つ
偉大なる神州風よ
高邁のため
東方の新しい族のために
愛をなびかしめよ。

조류의 비상에
바람이여
신속히 꿈을 깨라
고독한 그대의 영혼이
풍요로운 음성을 결실을 맺게하라
살게하라

지금 더욱
머리 위에 작열하는 태양의 찬가는 이어지고
병참(兵站) 정원에 고갈된 청춘의 샘물이
엄숙하게 그대를 기다린다
위대한 신국의 바람이여!
만상을 위해
동방의 새로운 종족을 위해
사랑을 나부끼게 하라

鍾

金村龍濟

月曜日の晴れた朝
城西の丘のなつかしい森に
今日もガン〳〵ガン〳〵ガンと鳴り響いて
大和塾の鍾が私達を呼んでゐます
そして私達は先生のお名を呼んでゐます

「オハヨウゴザイマス」が出來ませんので
はにかんだ啞の頭を下げる私達でした
今は急な坂道を駆けのぼつて息が切れても
こんなに元氣な聲で
こんなに正しい國語が澤山出來ますのに
淺野先生！先生はもう
「オハヨウ」と私達の手を取つては下さらない
「オリコウネ」と私達の頭をなでては下さらない

종

가네무라 류사이(김용제)

월요일 맑은 아침
성곽의 서쪽 언덕의 그리운 숲에
오늘도 댕-댕-댕 하고 울려 퍼져
야마토 기숙사의 종이 우리들을 부르고 있습니다
그리고 우리는 선생님의 이름을 부릅니다

"안녕하세요"를 할 수 없어서
수줍은 벙어리의 머리를 숙이는 우리들이었습니다
지금은 경사진 비탈길을 뛰어올라가 숨이차도
이렇게 기운찬 목소리로
이렇게 바른 일본어를 많이 말할 수 있는데
아사노 선생님! 선생님은 이제
"안녕"이라고 우리들 손을 잡아주지 않습니다.
"영리하네"하고 우리들의 머리를 쓰다듬어 주지 않습니다

先生！
私達の住居の窓は低く暗くて
ほんとに心も貧しい日かげの子供達でった
人の學校の高い門の前では
眼をつむつて逃げるやうに通りました
そんな私達を大和塾が迎へて下さいました

浅野先生が好きで懸りませんでした
そしてお姉さんのやうにやさしい
アイウエオ、一二三を習ひました
私達は有繋くて一生懸命に

先生は私達の下手な繪を
お家の壁にかざつて夜も可愛がり
私達を育てゝわためにお心を痛まれました
そして無理なお疲れが病氣となり……
ゝあ浅野先生！　先生はもう
淋しい歌や謎謎はして下さいませぬか

선생님!
우리들의 집의 창은 낮고 어두워
정말 마음도 가난한 음지의 아이들이었습니다
다른 아이들이 다니는 학교의 높은 문 앞에서는
눈을 감고 도망치듯 지나쳤습니다
그런 우리들을 야마토기숙사가 맞아주었습니다.

우리들은 고마워서 열심히
아, 이, 우, 에, 오 - 일, 이, 삼을 배웠습니다
그리고 누이처럼 상냥한
아사노 선생님이 너무 좋았습니다.

선생님은 우리들의 서툰 그림을
집 벽에 장식하고 밤에도 좋아해주시며
우리들을 키워주기 위해 마음을 써 주셨습니다
그리고 무리로 인한 피곤이 병이 되어 ……
아아! 아사노 선생님! 선생님은 이젠
즐거운 노래나 줄넘기는 해줄 수 없는 것입니까?

先生がお仕合な花嫁姿で
遠い故郷の内地へ行かれたとしましても
私達は港の汽笛を恨んだでせうに
今は御葉書だけが黙つていらつしやいます
私達がやがて行書が読める日になつても
先生はもう御手紙も下さらないのでせうか

先生が歌へながら作つて下さいました
あの風京が頭の中でクルクル廻ります
あの色紙の風船玉が空高く舞上ります
でも先生のお心の愛の絹絲は
何時も地上の私達を導いて下さいませう

私達が中課なさに泣き暮れてゐますと
大和塾の夕陽の森には風がやみ
今日も夜間部の鐘が輝いてゐます

（遺い遺詩抄・鄭先生六富）

（附記）　私は生前の淀野茂子さんを全く知らない。だが、その遺稿などを読んで感動の火花を覚えた。即ち京城大和塾崎暗
三先生の御育讃に甘えて作つたものである。

선생님이 행복한 신부모습으로
먼 고향 일본에 갔다고 해도
우리들은 항구의 기적을 원망했을 텐데
지금은 사진만이 침묵하고 계십니다
우리들이 드디어 문장을 읽을 수 있는 날이 되었지만
선생님은 더 이상 편지도 써줄 수 없는 것입니까?

선생님이 가르치면서 만들어 주셨던
그 풍차가 머리 위에서 빙글빙글 돕니다
색종이 풍선 공이 하늘 높이 매달려 있습니다
그래도 선생님의 비단결 같은 사랑의 마음은
항상 지상의 우리들을 이끌어 주시겠지요

우리들이 미안함에 울며 슬퍼하고 있으려니
야마토 기숙사의 저녁놀이 비춘 숲에는 바람이 멈추고
오늘도 야간부의 종이 울리고 있습니다

(아시아시집 제56편)

(부기) 나는 생전 아사노 시게코씨를 전혀 모르지만 그 유고를 읽고 감동
　　　의 불꽃을 느꼈다. 바로 경성 야마토기숙사 나가자키 유산(長崎祐
　　　三)선생님의 말에 의해 지은 것입니다.

1942년 10월『十月號』

秋　雨

前　川　勘　夫

濡れ光る松の木立よその辭に秋の大雨はふれて止まず

年寄りを抱へてさびし松林の中なるわぎ家に秋雨止まず

秋深み夫とひしからむ夫征きてすでに五つとせ家守り給ふ

灯らぬは罪しありしか老人婦女子すでに五つとせ家守り給ふ

秋雨のふりつぐ音のおやみなく兒寛の時のことよみがへる

秋雨のはげしき中にとどろきて演習し給ふさ衣もふけしに

秋雨に洗はれて白し二三輪野菊の花よ繩道のひたへに

もうもうと凸凹あがる驛や蹄赤味籍出せし馬平馬も行く

가을 비

마에카와 간후

젖은 빛 소나무 서있어 옆 줄기에 가을 큰 비는 흘러 멈추지 않네
　나이든 자를 안고 쓸쓸한 송림 속에 있는 나의 집에 가을비　멈추
지 않네
　가을 깊어져 남편을 그리워하네 남편이 출정한지 이미 5년 동안
집을 지키네
　불이 켜지지 않은 것은 일이 있는 것인가 노인 부녀자 모두 5년 동
안 집을 지키네
　가을비 계속 내리는 소리 그침이 없고 아동때의 일이 되살아나네
　가을비 심하게 내리는 중에 울려퍼져 연습하는 밤도 깊어가니
　가을비에 씻겨진 포장도로 한쪽의 하얀 12겹의 들국화여

　　　　역길
　몽롱하게 하얀먼지 피어 오르는 말과 길, 붉게 노출된 마차의 말
도 간다

石を投げる

下　脇　光　夫

石投げても椿の花にとゞかざる谷をへだてゝ杳き距離あり

鳴神のとゞろく晋はたゝかひの夏告ぐるがに一夜を荒ぶ

渚さべのいさどの流れ晋にたつ川より海にすぐ入るところ

夕暮れの冷たき風が吹くとをは叢の虫葉ずゑをわたる

いさゝ川濁りし水も澄みてゆく自然なるいとなみを導しとせよ

돌을 던진다

시모와키 미쓰오

돌을 던져도 닿지 않은 동백꽃 계곡 건너 아득한 거리에 있네

×

천둥이 울리는 소리는 전투의 여름을 고하는 것처럼 하룻밤 거세네

×

물가 근처 모래 흘러가는 소리 다쓰카와에서 바로 흘러 들어 가는 곳

×

해질녘 차가운 바람이 불어오는 때 풀숲 곤충이 잎 끝을 건넌다

×

조그만 강 흐려져 물도 맑아져 가는 자연의 경영을 존경하라

一　鑿　一

鑿

大　島　修

千歳の不滅を誇る巨獄のやうに
勝利の榮冠に輝く英雄のやうに
壯嚴そのものの森林に圍まれ
山岳に守護され
大密に屹立する巌巖
暴風にも雷鳴にも
未だその威猛を屈服せざりし
屋基に

尺寸の岳は
火花を散らして格鬭を續けてゐる
ひねもす格鬭を續けてゐる

山岳は咆哮する
森林は殿き
峪間に響き
ああ　崩るる

力よ
尺寸の氏を操る力よ
生命なので
人間の生命なのだ

끌(정, 鑿)

오시마 오사무

천년의 불위를 자랑하는 큰 괴물처럼
승리의 영예로운 관에 빛나는 영웅처럼
장엄한 것은 삼림에 둘러싸여

산악에 수호되어
큰 하늘에 우뚝 솟은 암벽(嚴壁)
폭풍에도 천둥에도
아직 그 위엄과 용맹을 굴복시키네

암벽에
척촌(尺寸)의 산악은
큰 꽃을 흐트러뜨리고 각개전투를 계속하고 있다
온종일 각개전투를 계속하고 있다

아아 - 무너지네
계곡사이에 울려퍼지고
삼림은 싸우고
산악은 포효한다

힘이여
척촌의 병사를 조종하는 힘이여
생명이므로
인간의 생명인 것이다.

わかもののうた

城山　昌樹

翔を得た。僕のあこがれ。
空の高みへ輝び上り。
白い雲のむらがりをぬけ。
しかも翔けゆく、わかもの。僕の。
あとがれは一途に一途に。
南の南の椰子の葉の。
ざわめく風に。南海の。
メヘルヘン求め飛んでゆく。
まどひ。消えて。

젊은이의 노래

시로야마 마사키

날개를 얻었다 나의 동경
하늘높이 떠오른다

하얀 구름 떼를 헤치고
게다가 날아간다, 나의 젊은이!

동경은 한결같이 한길로
남쪽 남쪽으로 야자수 잎이
살랑대는 바람에, 남태평양의
동화를 찾아 날아갔다.

망설임 사라지고

うれひ。寄せて。

僕の希望とめとがれに。

僕の青春。美しく。

僕のうたよ。はろばろと。

僕のゆめよ。はろばろと。

大砲のとどろきぬけて。

空を翔けよ。ジヤングルを越え。

青い山の。若い平野の。

青い穹の。蒼いうみの。

かなたのはてに。そのはてに。

僕の夢みる。國が。あるといふ。

근심, 사라져

나의 희망과 동경에
나의 청춘, 아름답구나

나의 노래여! 아득히 멀리
나의 꿈이여! 아득히 멀리

하늘을 날아라, 정글을 넘어라
대포의 굉음을 뚫고

푸른 산의 파란 평야
푸른 독수리 파란 바다

저 끝까지, 그 끝까지
내가 꿈꾸는 나라가 있다고 한다

1942년 11월 『十一月號』

故郷にて

趙宇植

青蒸し溢れる歴史の指標に
哀しみを刻みものよ。

〔1〕

此處に祖先の物裳ひものがあり
父の魂の溥銘があり
村人の泣けるこゑが聞えるなど―!
祭りの燈火が炎えさかり炎えさかる。

偽はらぬ今日の儀禮が
明日の燭を懐り
たいまつの夜は華やいで
身にまとふ
故炎の心に餉奥があり
そこに故郷の梵鐘があつた。

고향에서

조우식

이끼 무덥게 흐르는 역사의 지표에
슬픔을 새긴 자여!

1.
여기에 선조의 쓸데없는 걱정이 있고
　아버지의 영혼의 묘비가 있고
시인의 우는 소리가 들리는 등!
축제 촛불이 희미하게 비추고 비춘다

거짓없는 오늘의 의례가
내일의 총력을 연마시키고
횃불의 밤은 빛나서
몸에 걸치고
찢어진 옷의 마음에 체취가 있고
거기에 고향의 범종이 있었다

おちの背後を流れる體温は
無常の中に育ぐまれ
頬をなでる僕の額は
夢みる誰彼もない道程であつた。

實る麥穂に生命を歌ふ鳥群の戯れに
燎火は揺れ 揺れて 實り

村童は脚絆を巻いて
神兵のために町へと向ひ
母は胸をはり
脚を踏みならして
年齢の懇びに祈るとき

お！ふるさとのそばの畑に夜は冷たく
遠い旅愁の夢は
風船のごとく花喚くのであつた

2.

아저씨 등뒤를 흐르는 체온은
무상 중에 길러져
몸을 쓰다듬는 나의 이마는
꿈꾸는 이 아무도 없는 여정이었다

열매맺은 보리 이삭에 생명을 노래하는 섬들의 희롱에
촛불은 흔들리고 흔들려 열매맺네

촌아이는 각반을 두르고
신병(神兵)이 되기 위해 도시로 향하고
어머니는 가슴을 펴고
발을 힘차게 내딛고
늙은이가 휴식으로 기도할 때

오! 고향 옆 밭에 밤은 차갑고
  먼 향수의 꿈은
풍선처럼 꽃을 피우는 것이었다

1942년 12월 『十二月號』

十二月八日

金 村 龍 濟

雪雲を吐く絶壁の巖頭にも
香煙のゆらぐ石佛の笑顔にも
みな凍天のひと色に冷え渡る
十二月のきびしき冬は來たるなり

初雪のかぐはしく白き地は涯てもなし
われ曉の寒に立ちて東天を遙拜して

12월 8일

가네무라 류사이(김용제)

눈구름을 토하는 절벽의 바윗가에도
향의 연기가 흔들리는 석불의 미소까지도
모두 언 하늘을 한가지 색깔로 모두 차갑다
12월의 힘든 겨울은 찾아왔다

첫눈이 사랑스러운 하얀 땅은 끝이 없다
난 새벽 추위에 서서 동쪽하늘을 요배(遙拜)하고

赤き徒跣の足をみそぎて進まんとす
おお一片の氷心なほも凝りて醜の玉となれ

やがて戰ひのひと日またも始まり
狂へる風は來て吹雪を捲き起さん
よしわがおもてわが頭髮裂き千切るとも
敵をにらみて莞爾さ三尺を振りかざさん

はるばると萬里の征野は雪を浴びて
貴き一滴の血潮もあざやかに火を放つなり
大東亞の聖戰を祝ひ未來を誓ふ日よ
ああ十二月八日はまた來たるなり

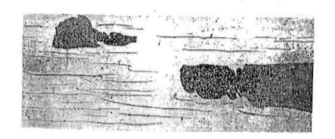

붉은 맨발의 걸음으로 부정을 없애고 전진하려고 한다
아아! 한조각의 얼음처럼 맑은 마음으로 다시 얼어 못생긴 구슬이
되라

이윽고 전투의 하루가 다시 시작되어
미친 듯한 바람은 불고 눈사태를 일으킨다
좋다 우리의 정면, 우리의 두발 쪼개져 찢어진대도
적을 노려보고 방긋 웃으며 삼척검을 휘두른다

아득히 먼 만리의 정벌 들판은 눈을 뒤집어쓰고
관통한 한 방울의 피도 선명하게 불을 뿜는다
대동아 성전을 축하하고 미래를 맹세하는 날이여!
아아! 12월 8일은 다시 왔네

年　輪

大　島　修

げにも消々しき朝かなや
げにも美しき朝かなや

けさ　晩秋の霜はしとゞ
街々の細かなる路次に
ゆるやかなる古き夢に

けさ　晩秋の霜はしとゞ　　流れたり
ゆふべ
安らけき臥床の中にして
南溟の涯　ソロモンの　赫々たる捷報は傳はり
熱き涙もて　合掌を捧げし
悌いなる戰ひの坩堝なる女

연 륜

가네무라 류사이(김용제)

실로 맑은 내일이여
실로 아름다운 내일이여

오늘 밤 가을 서리는 흥건하고
거리마다 좁은 길 다음에
관대한 오랜 꿈에
오늘 밤 가을 서리는 흥건해 젖는다
어젯밤
편안히 잠자리 속에서
남태평양 바닷가 솔로몬 공적의 승보를 전해온다
뜨거운 눈물로 합당을 받들어 모시고

위대한 전투가 한참임을

―― 年　輪 ――

けさ　朝明けのこの靜けさよ

一日の生活は始まらんとす
舗に消えゆき
仄かに紫煙は立ちのぼり
ひとすぢ　又ひとすぢ
けさ　朝明けのこの靜けさよ

戰ふ國民にして　このありがたさよ
けさ・朝明けのこの靜けさよ

げにも美しき朝かなや
げにも清々しき朝かなや

かの恐ろしき憂慮に滿ちたる
かの溶鑛のごと燃えたりし國民の焦慮は霽れて

大御陵威のもと聖戰は
靜やかに　嚴かに　又豐かなる
聖戰は一年の年輪を描けり

오늘 아침 밝아오는 이 청결함이여

오로지 또 오로지
은은히 보라색 연기는 피어오르네
서리에 사라져 가네
하루의 생활은 시작되려 하네

오늘 아침 밝아오는 이 청결함이여
싸우는 국민으로서 이 감사함이여

실로 맑은 아침인가
실로 아름다운 아침이구나

그 무서운 멸시에 가득찼네
그 녹여진 철처럼 타올라 국민의 초조함을 살피고

큰 위광 아래 성전은
선명하게 엄숙하게 또 풍부해지네
성전은 1년의 연륜을 그리네

1943년 3월 『三月號』

こだま

則武三雄

美といふ文字を見てゐると
美といふ文字自體が美しいのに氣附く。
美しく均等で
或る頂さがある様だ。

卅五歳の新年を迎へ
未だ獨身だと背はれながら
かならず僕の待つひとが
郛邊にゐると信じてゐる
僕自身の生涯なのだと思ふ。

말의 영력

노리타케 가즈오

미(美)라고 하는 문자를 보고 있자니
미(美)라고 하는 문자 자체가 아름다운 것을 깨닫는다
아름답고 균등한 것으로
어떤 중함이 있는 모습이다

25살의 신년을 맞아
아직 독신이라고 말하지만
반드시 내가 기다린 사람이
어느 근방(那辺)에 있다고 믿고 있다
나 자신의 생애인 것이라고 생각한다

則武三雄。この字の字劃は何うだらう

との中にあるもの。個我の宿命

それは此の中になく

唯だ私によって。私の觀る四文字が異つて來る。

天上の星に繋がつてゐるのではなく

私の星はやはり、私自身の手が捧げてゐるのだと思ふ。

菊の字に

頃によりそへば

それは眞白なる雪の匂ひ

また乙女ほどにも親んで

そして、綫の裘の優しい歴史。

노리타케 가즈오(則武三雄) 이 글자의 자획은 어떨까
이중에 있는 것. 개인으로서의 자아(個我)의 숙명
그것은 이 속에 없고
단지 나에 의해서. 내가 본 네 문자가 달라져 온다
천상의 별에 있는 것이 아닌
나의 별은 오로지 나 자신의 손을 받들어 올리고 있다고 생각한다

국화 글자에

뺨에 대면
그것은 새하얀 눈의 향기
또 소녀들 같이 붉어지고
그리고 초록 잎의 상냥한 역사

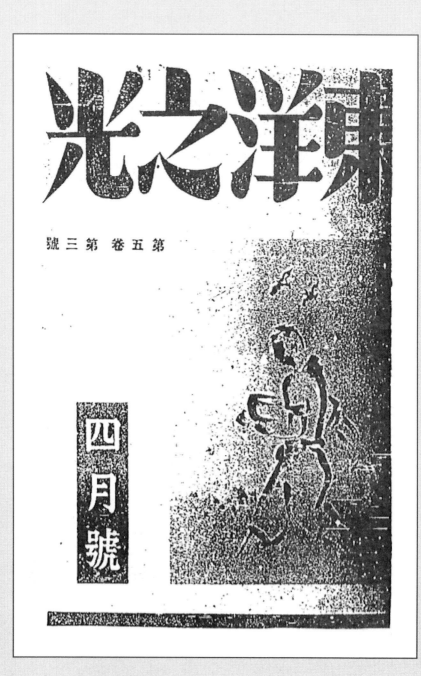

1943년 4월 『四月號』

白衣勇士の歌

畑田平男

國のため散りしみたまや岩櫻やがて九段の
花と咲くらん

永冨露流

大君の諭したまへるみことのり常にわすれ
じ白衣著るとも

西增高秋

捷戰吿ぐるラヂオに箸置きて聞き入り、しじ
と耳をすませり

白岡

慰問品にともちきたりしかをさな子の紙風
船に白衣たわむる.

백의용사의 노래

하타다 히라오
나라 위해 흩어진다는 것은 젊은 벚꽃 이윽고 구단(九段)의 꽃으
로 피겠지

나가■ 게이류
천황의 깨우침 받드네. 천황의 말씀 평소 잊지 않는 백의의 사람들

니시마스 도미아키
빠르게 전쟁을 알리는 라디오에 젓가락 두고 놓칠세라 귀를 기울
이네

시라오카
위문품으로 전해온 어린 아이의 종이풍선에 백의 놀고있네

春 の 抒 情

金　景　喜

　陰は花粉にまみれ
胸は新たな盟約が芽生え萌え出づる、この
春の日に、友よ
眼を開き、緑の野べに来い――

一

気の候ぎる緒影には海が見え
貝笛の歌聲は、あゝ、花の匂ひに流れ
吾の海よ、七つの海よ／
花園の獄塵を英雄らに悔へよ
祖国をみそなはす神々の齎らひは
湯奈のやうに、我等を包み

そくで、我等は羊となり、柔和な毛房にくるまり
我等の呼吸が柔らかに澄むとき
友よ、あなたの懷には
若草の露が泉のやうに溢れる、溢れるその背に
ぶ、あなたはあなたの生成を象り
あなたはあなたの花でこの容を飾つてゐる

ノ、花、あゝ、友よ、花々は束ねられ
卒餅は、花の匂ひに流れ
汝は揺れ、歌かく、我等の額を撫でてゆく

봄의 서정

김경희

팔은 꽃가루 투성이
팔은 새로운 성스러운 약속이 싹트고 움터 이
봄날에 친구여!
문을 열고 초록 들판으로 오렴-

바람이 횡단하는 줄무늬 그림자에는 바다가 보여
소라의 휘파람 노래 소리는 아아! 꽃향기로 흘러
남쪽의 바다여! 7개의 바다여!
조국의 노랫소리를 영웅들에게 전하라
조국을 보시는 신들의 이야기에는
아지랑이처럼 우리들을 감싸고

거기에서 우리들은 양이 되고, 부드러운 털에 감싸져
우리들의 호흡이 편안히 맑아질 때
친구여! 당신의 눈동자에는
어린 풀의 이슬이 샘처럼 넘친다. 넘치는 그 소리에
아아! 당신은 당신의 생성을 나타낸다
당신은 당신의 꽃으로 이 봄을 장식하고 있다

사람과 꽃, 아아! 친구여 꽃들은 다발이 되어
환성은 꽃 향기로 흐르고
꽃은 흔들리고, 부드럽게 우리들의 뺨을 쓰다듬고 간다

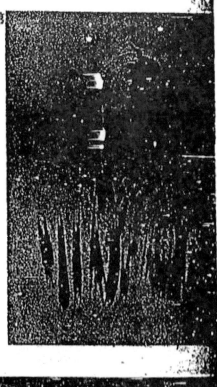

東洋之光

第五卷 第四號

五月號

1943년 5월 『五月號』

すめらみひかり

呉　禛　民

神前に誓ひをろがみ祈るなる君が御稜威の茜さす朝
現し神へともども斎く榮へゆく御代とこしへにたたへ勵まむ
あまつ日の神の御子なり益良夫は火の玉となる悸れ知らぬも
國を守る神の御座に侍ります友の功の譽り床しも
乏しきを日日に耐へつつ皇軍へかたちけなさの籠るとの幸

천황의 서광

오정민

신전(神殿)에 빌며/ 간절히 바라옵고/ 기도합니다
천황의 위엄 광명/ 비추는 빛나는 아침

현인신 천황/ 모두 다 같이 받들어/ 번영해가는
천황성대 영원토록/ 찬양토록 합시다

태양신 천황/ 신의 자녀가 되어/ 점차 양부(養夫)는
불덩어리가 된다/ 무서움도 잊은 채

나라 지키는/ 신의 성스런 자리/ 모셔집니다
친구의 쌓은 공로/ 향기 그윽하여라

부족한 것들/ 나날이 참아내며/ 천황의 군인
한없는 감사함이/ 가득 담기는 행복

1943년 6월 『六月號』

若さの中て

金　環　麟

あわただしい中に
固い時間の内部を過ぎ
そうして
あわただしい中に
五月の抒情がひらく
みどりの匂ふ
明るい小徑にそれて
少年らよ
青年らよ
あなたたちの
美しい直立はかがやき
美しい顔は燃え

ああ
それなのに
遠い雲の中で
太陽をころがしてゐるのは誰なのか

젊음의 가운데에서

김경린

분주함 속에서
굳은 시간의 내부를 지나
그리하여
분주함 속에서
5월의 서정이 펼쳐지네
초록향기
밝고 좁은 길을 벗어나
소년들이여!
청년들이여!
그대들의
아름다운 직립은 빛나고
아름다운 눈동자 타올라라

아아!
그러함에도
먼 구름 속에
태양을 굴리는 것은 누구인가

ああ
それなのに
遠い風の中で
霜をけちらしてゐるのは誰なのか

少年らよ
青年らよ
すでに
雲は遠くへ去つたのである
だからして
哀愁は忘れねばならない

あわただしい中に
憂愁が立ち去り
そうして
あわただしい中に
ひかりの戸扉がひらく
背ぼねに
朝の呼吸をいつぱいふくらして
ああ
ひかりが来る

아아!
그러함에도
먼 바람 속에서
구름을 흩뜨리고 있는 것은 누구인가

소년들이여!
청년들이여!
이미
구름은 멀리 사라졌다
그렇다고 해서
애수는 잊어야만 한다

분주함 속에서
우수가 멀리 사라지고
그리고
분주함 속에서
빛의 문이 열린다
등줄기에
아침 호흡을 가득 채우고
아아!
빛이 온다

東洋之光

第五卷 第六號

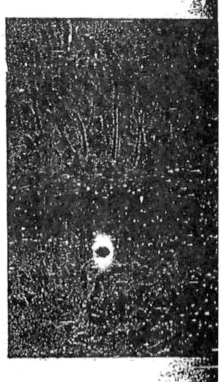

七月號

1943년 7월 『七月號』

文部省選定

新しい卒業歌（入選）

花薫る（修了の歌）

宮澤章二

一、花薫る學びの庭に
　　別れ行く門出の朝
　　思ひ出は胸にあふれて
　　懐しきわが師、わが友

二、風すさぶゆくこの道も
　　望みもち撓まず常に
　　あたたかき教へ護りて
　　御民われ國に盡さん

문부성 선정

새로운 졸업가(입선)

꽃 향기 풍기네(졸업의 노래)

미야자와 쇼지

1. 꽃향기 풍기네 배움의 교정에
    헤어져 가는 출발의 아침
   추억은 가슴에 넘쳐
    그리운 우리 선생님, 우리 친구

2. 바람 심하게 불어오는 이 길도
    희망을 가지고 휘어지지 않고 항상
   따뜻한 가르침 지키어
    국민과 우리나라를 위해 진력하세

―新しい卒業歌―

學びの庭（送別の歌）

有本　憲二

一、學びの庭にいそしみて
　　今日ぞ榮あるわが友よ
　　いざ大なる天地に
　　榮え行く國の力たれ

二、皇國の道にいそしみて
　　望み輝くわが友よ
　　あゝ新なるこの時に
　　伸び行く國の力たれ

배움의 교정 (송별의 노래)

아리모토 겐지

1. 배움의 교정에서 힘써서
   오늘이야 말로 영예로운 우리 친구여
   자 큰 천지로
   번영해 가는 국력되어라

2. 황국의 도에 부지런히 힘써서
   소망에 빛나는 우리 친구여
   아아-새로운 이 때에
   뻗어가는 국력 되어라

田園詩情

今　柳　秀　籛

一

朝靄の紫色の沼の中
光初はゆる〳〵と筑がり
ひばりを唄つてゐる
ひばりの歌をきいてゐれば
夢は青々とのび
兵隊の抜けた落花家の細く散らば
つた
百姓の群よ

二

天涯近く地平は淡紅の梅の花
その香を濃く戴せて
風の響きも詩情音だ。

眠りのさめる前山の峠を
霞がよぎつてとんでくる
その窓の羽の下
空は大鵬の翼鳴硝子と光り

전원시정

이마야나기 히데시게

1.
아침 안개 보라색 불꽃 속
광명은 천천히 퍼지고
종달새도 노래하고 있네
종달새의 노래를 듣고 있으려니
보리는 파릇파릇 자라
병대(兵隊)의 펼쳐진 낙하산처럼 흩어졌다
백성의 무리여

하늘 가까이 지평선은 분홍색 복숭아꽃
그 향기를 진하게 싣고
바람의 울림도 시정음(詩情音)이다

2.
잠에서 깨기 전 산 고개를
독수리가 스쳐 지나간다.
그 독수리 날개 밑
하늘은 태양의 수정 유리로 빛나

——發　展　と　爭　雅——

温地帯に續くひは色のポプラの森
……冬の彩は何處もむいて
弇乳の如く湧いた自然の情
熱よ
激しく燃える氣流の束……

これらの調和された亂反射のきら
めきに
明るい顔で笑み交はす
果てしない發展の面々

三

點や線──隅や角
浮彫された顏芽の吐息
巷は只今も雜音管
……何んでも青くしやうとする
明るい色を塗らうとする…

この逞しい設計の手
淙々と梟圏はなごみ
ひばりは波渡した型を拜りて啼く
渦なる詩情の渦
百姓は一途にゆれてゐる。

저지대에 이어진 황록색의 포플라 숲
………겨울의 교정 어디에서든
양유처럼 솟는 자연의 정열이여
세차게 타오르는 기류의 동쪽……

이들 조화된 난반사(亂反射)의 반짝임에
밝은 얼굴로 서로 웃는다.
끝없는 수련의 얼굴들

3.
점이나 선 —— 원과 각
새겨진 맹아의 한숨

봄은 지금 모세관
………무엇이든 푸르게 하려하네
밝은색을 칠하려 하네

이 왕성한 설계의 손
■하게 기온은 누그러져
종다리는 파괴한 하늘을 내려와 우네
윤기난 시정(詩情)의 소용돌이
백성은 한길로 흔들리고 있네

1943년 7월 『七月號』 153

——ソネット二篇——

金　晃　熹

荒々と渇き節立つ山肌に
ふくれ色濃きなつ草のしがみつき
そこに如何なる言葉が花と咲き
如何なる稔りが潤ひ惠むのか

ぼうぼうと雲をくらひ淼々と風をくらひ
どんらんな貪慾をはりめぐらし
闇夜のささやきや葉間の太陽をくらひ
痼朶なるままに生きてゐた群れをなし

それは擴がり、廣漠たる地帯に
一輪の百合やそよばくの花をもみつぶし
その群れは一張々々のいのちをいとほしみ

여름풀의 장

김경희

황폐하게 마른 줄기선 산맥에
부풀어 짙어진 여름 무성한 풀에 매달려
거기에 어떠한 말이 꽃으로 피어
어떤 결실이 베풀어 머금어질까

뭉게뭉게 구름을 먹고
요란한 바람을 먹고
욕심많은 식욕을 둘러싸고
어두운 밤의 속삭임이나 한낮의 태양을 먹고
바보인채로 살아온 무리를 이루고

그것은 펼쳐져, 광막한 지대에
한 송이 백합이나 바닥에 맴도는 꽃을 함부로 짓밟는
그 무리는 뿌리 하나하나의 생명을 사랑하고

犬が己れの虚しきに戦いては互ひに寄り合ひ

眉を呼ばばひなから波となり

その字の捺れるがままに強烈な姿態で生きてゐた

×

水流のほとりに霧は流れ

そのなかに把むただ一つのことば

それは言葉なき雑草の群れであり

それは秘めやかに身戔はる綜和でさへある

重なる囁きや　動く影の下で

その雫のしたらすままに　内なる祈りは絶えまなくと燭

がれ

그러나 자신의 공허함과 싸우고는 서로 모여서
비를 서로 부르며 파도가 된다
그 손바닥이 떨리는대로 강인한 자태로 살아왔다

×

물의 흐름 근처에 안개가 흐르고
그 속에 잡은 단 하나의 말
그것은 소리없는 잡초 무리이다
그것은 비밀스럽게 몸이 바뀌는 조화이기도 하다
반복되는 속삭임이나 움직이는 그림자 아래에서
그 물방울을 떨어뜨린 채로 내안의 기도는 끊임없이 흐른다

草群れはおのが族のさだめに涙を流した

激しき時旅に凡ては冒険もせず

右ひだりに挿れながら草むらを横ぎりゆく

内なる囁きに膈れ　その音を貧石に穆刻しつつ

おお　風よ　風の率は諸々の笛の音を溶かし

族のおのが息ほひに静かな新りをこめてゐた。

韓草の一根々々は暗き土壌にもつれ絡み合ひ

翁は翳り風の搖れ　お前は何を窺むのか

극심한 시대에 모든 것은 말도 없이
잡초 무리는 스스로 민중의 운명에 눈물을 흘렸다

아아! 바람이여. 바람의 손바닥은 여러 가지 피리소리를 녹이고
마음속 속삭임을 접하고 그 소리를 보석으로 조각하여
오른쪽 왼쪽으로 흔들리며 풀숲을 헤치며 간다

안개는 흔들리고, 바람이 요동하고 그대는 무엇을 기대하는가
잡초 하나는 어두운 토양에 엉클어져 서로 얽혀
일족 자신의 호흡에 조용한 기원을 담고 있었다

1943년 8월 『八月號』

童話

金村龍濟

観戦に疲れた夏の太陽が
もう山かげに飾りを急ぐ頃
やつと小休止が許された
萩の花咲く山路のひとゝき──

鳥の巣から飛び下りたやうな
思ひがけない少年隊の歡迎だ
巖の扉の奥へ案内してくれる
ああ、山の小さい主人たちよ

「君たち學校に行つてゐるかね」
「あの山越えて二里を通つてゐる」
「えらい、毎日四里の行軍だね」
「死わなんて兵隊さんにたれるんだもの」

동화

가네무라 류사이(김용제)

관전에 수고한 여름 태양이
벌써 산그늘에 귀가를 서두를 즈음
이윽고 잠깐의 휴식이 허락되었다
싸리꽃 피는 산길의 한 때

새집에서 떨어진 듯한
생각지 못한 소년분대의 환영이다
바위 밑 샘에 안내해 주었다
아아! 산의 작은 주인들이여!

"너희들 학교는 다니고 있니?"
"저기 산 너머 8킬로미터를 다니고 있어요"
"훌륭하구나. 매일 16킬로미터 행군이구나"
"하지만 얼마 안 있으면 병사가 될 것인걸요."

「ほう、あんなに大きいのが飛んでゐる
あれは何の鳥だね」
「あれは鷲だ」と一人がいふ
「いや鷹だ」と一人がいふ

「兵隊さん、あれは鷲だれえ」
「兵隊さん、きつと鷹だれえ」
その無邪気な負けじ魂が
今に喧嘩をとつ組む機幕だ

「だつてあの空の勇士を
鷲鷹といふちやないか
だから僕は鷲が好きなんだ
だからあれは鷲なんだ」

「そんなら何も、鷹だつてなあ……」
相手の少年が頭をかいてゐる
あの荒鷲の若い歩哨は
思も白くなるいぢらしい會話である。

「報道詩帖」より

"음- 저렇게 큰 것이 날고 있네
저것은 무슨 새야?"
"저것은 휘파람새예요"하고 한 아이가 말했다
"아니야, 독수리야"하고 한 아이가 말했다

"병사아저씨, 저것은 휘파람새죠?"
"병사아저씨, 분명히 독수리죠?"
그 순수함, 지지 않으려는 영혼이
금방이라도 싸울 듯이 사나운 얼굴이다

"하지만 하늘의 용사를
용맹한 독수리라고 말하잖아
그러니까, 나는 독수리가 좋단말야
그러니까 저것은 독수리인거야"

"그렇다면, 저게 뭐든 나도……"
상대 소년이 머리를 긁적였다
아아! '용맹한독수리(荒鷲)'의 젊은 꿈에는
검은 것도 하얗다고 하는 갸륵한 동화인 것이다

(「보도시첩(報道詩帖)」에서)

1943년 9월 『九月號』

空　　　征

大　島　修

空は
霞にのどかにはれ
あくまでもひろ〴〵と澄みわたり
いつの日に濁らぬそのにほひ
琺瑯のそのにほひ
てふ〳〵のやうに
雲は行き雲は去り
いつの日に濁らぬそのけしき
はえ〴〵しそのけしき
かつて
ゆめとあこがれをもて
風船のごとく詩人が
「さいはひ」をおとなひし空
かの穴を遠に
もゝまに

하늘의 출정

오시마 오사무

하늘은
실로 화창하게 맑아져
어디까지나 멀리멀리 맑게 개었네
언제까지 변하지 않을 그 향기
비취옥의 그 향기
나비처럼
구름은 가고 구름은 사라지고
언제까지나 변하지 않을 그 경치
영광스런 그 경치

일찍이 꿈과 동경을 가지고
풍선처럼 시인이
"행복"을 말하는 하늘
그 하늘을 결국
아아- 결국

山　麓

——ふるさとの鷲飛山麓へ寄せる詩——

金　容　浩

小高い丘のやうな山だつた
その山の麓を汽車は走つてゐた
わたしはここで
始めて別離のかなしみを知り
想ひがちな少年となつた

花ある雲は　　・
あこがれの薔薇なれど
捉へたものは風の伴侶だつた

錆びたる窓邊にて

산기슭
— 고향의 ■비산 기슭에 바치는 시 —

김용호

약간 높은 언덕 같은 산이었다
그 산기슭을 기차는 달리고 있다
나는 거기에서
처음으로 이별의 슬픔을 알았고
생각이 많은 소년이 되었다

꽃 구름은
동경하는 장미이지만
붙잡는 것은 초겨울 찬바람 동반자였다

녹슨 창가에서

なきものはいかに

ねつらきふるさととなるを

しみじみとみつめた夜は

静かなる一人ぼっちのときだった

空も　海も　陸も流れ

わたしは　星と語る術を憶えた

山越せば見境ひつかぬ

初恋の街擴がり

凍る地の鴒角は裾野を匍ひまわった

悶んだ依地の緣で

わたしは　夕幕の憩ひを思ひつ

かの山の誂へを口笛で呼んだ

망자는 정말로
머무르기 괴로운 고향인 것을
절실하게 응시한 밤은
조용한 외톨이의 한때였다

하늘도 바다도 땅도 흘러
나는 별과 이야기하는 기술을 배운다

산을 넘으면 구별이 되지 않는다
첫 여행의 우주가 펼쳐지고
언 땅의 촉각은 기슭이 완만하게 경사진 들판을 기어 다녔다
움푹패인 분지(盆地)의 초록으로
나는 황혼녘 휴식을 생각한다
그 산의 사슴을 휘파람으로 불었다

海　の　色

江崎草人

暮色が　濡れて飛ぶ
遠い　水底の　向うへ
私の躰が　眞珠の様に　落ちていつた

青い　海岸で
希望を　吹く　少年達が
みな仰いだ
穹の深さの中に　星　星

生きた　足が
ぷるん　ぷるんと　潮騒に揺れながら
海の上を
羽搏いて　いつた

私は　詩も忘れ
海の色に　透む
死類みたいな　小さな生を　想つた

暮色が　濡れてくると
海は　亙きく　波を打つた

昭和十八年七月二十日作　海の記念日

바다 색

에자키 아키토

저물어가는 어스레한 빛이 해가 지고 날아간다
먼 수맥의 건너편에
우리 눈동자가 진주처럼 떨어져 가네

파란 해안에서
희망을 소리치는 소년들이
모두 우러렀다
넓은 하늘의 깊은 속에서 별 별

살아있다 별이
부릉 부릉하고 파도소리를 흔들며
바다 위를
날개치고 있다

나는 시도 잊고
바다색에 마음을 뺏겨
죽은 ■처럼 작은 생을 생각했다.

저물어 가는 어스레한 빛이 변해가면
바다는 커다랗게 파도를 친다

　　　　－쇼와 18년(1943년) 7월 20일 지음 바다 기념일

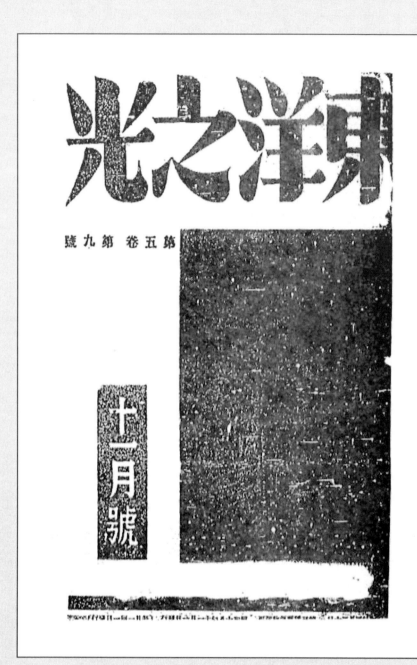

東洋之光

第五卷 第九號

十一月號

1943년 11월 『十一月號』

祭
り
日

中野　鈴子

秋の風　野面を渡る
さく　さく
稲も軽し　早稲を刈る
この祭り日に

お国につくす稲を刈る
早出供楽で　他村に刻け
この祭り日に

たわゝに賞るありがたさ

息子らは遠き戦野に
村に居残る吾等
田畑引き受け　休みなし
この祭り日に

축제의 날

나카노 스즈코(中野鈴子)

가을바람 들판을 건너네
사각사각
팔도 가볍게 이른 벼를 자르네
이 축제날에

휠 정도로 열린 것이 고마워
조출, 공출미, 다른 마을보다 앞장서서
나라에 바칠 벼를 베네
이 축제날에

자식들은 멀리 전장터에
마을에 남아있는 우리들은
논밭을 떠맡아 쉬지 않네
이 축제날에

「繪のある葉書」

——頼兄に——

具　滋　吉

葉書の裏と表を　僕は知らない

とにかく繪のある葉書を貰つた。

裏には永豊鎭と題をつけ栗原といふ齒描きさんが

北滿集團移民地の風景に

旅程の白楽を大きく手前に膝てろばせ

あくびをしてゐる土合の屋並から

그림이 있는 엽서
― 빈(蘋)형에게 ―

구자길

엽서의 앞면과 뒷면을 나는 모른다
어쨌든 그림이 있는 엽서를 받았다

뒷면에는 영농진(永農鎭)이라는 제목이 붙여진 구리하라(栗原)라
는 화가가
북만주의 집단 이민지 풍경에
돼지만한 배추를 크게 눈앞에 펼쳐놓고
흙담 지붕이 늘어선 곳에서 하품을 하고 있다

二頭の老馬が低頭して ロシヤ馬車を轉ばせてゐる
表には　下半分を　二科展の記念スタンプが
大きな顔でのさばり
『東京には　また
展覧會の季節が、　參りました』
だつたとれだけ　かしこまつてゐる。

裏では　滿洲とほろぎが　ゴロゴロのどをならし
表では　上野の西郷どんが　ぐつとおへそをつき
出して　皆がにらまれてゐる。

あーあ燒鳥に泡盛を　ぎゆーつとあふりたい夜。
どれも　これも　垢まみれで住んだ故郷である。

두 마리의 늙은 말이 낮은 머리로 러시아 마차를 굴리고 있다
앞면에는 하반신을 매년 가을에 개최하는 이과전(二科展)의 기념
스템프가
위세 좋게 뽐내고 있었고
"도쿄에는 다시
전시회 계절이 찾아왔습니다"
딱 이것만을 알리고 있었다

뒷면에는 만주의 귀뚜라미가 귀뚤귀뚤 소리를 내고
앞면에는 우에노의 사이고 다카모리가 배를 쑥 내밀며
모두를 노려보고 있었다

아! 꼬치구이에 쌀로 담근 아와모리 소주를 꿀꺽하고 단숨에 들이
키고 싶은 밤
모두가 때 투성인채로 살아온 고향이다

1943년 12월『十二月號』

瞼の裏の彼奴

城山　昌樹

大東亞戰爭が始まつて、
その翌年の夏、
彼奴はぶきつちよな手つきで、
私に握手を投げたゞけで、
海を渡つて征つてしまつた。
私のたなごゝろの上に、
今、彼奴の手の暖かさがよみがへる。
彼奴の子供のやうな笑顔が、
私の瞼の眞に寫眞のやうにおさまつてゐ
る。

私はその寫眞に呼びかける、
「おい竹村、彼奴と呼ぶことが出來なくな
るやうにはなつてくれるな」
彼奴は私の瞼の裏で、
だけで、
ニコッと微笑する
彼奴は氣持よささうに、
私の瞼の裏にのさばりかへるのである。

젊은 시인은 노래한다
대동아 전쟁 2주년의 결의

눈꺼풀 깊숙이의 그 녀석

시로야마 마사키

대동아전쟁이 시작되어
그 다음해의 여름
그 녀석은 서투른 손짓으로
나에게 악수만 청하고서
바다 건너 정벌하러 가버렸다
나의 손바닥 위에
지금, 그 녀석 손의 따뜻함이 되살아난다
그 녀석의 아이 같은 미소가
나의 눈꺼풀 깊숙이 사진처럼 담겨 있다
나는 그 사진에 말을 건다
"어이, 다케무라, 그 녀석이라고 부르지 못하게 되는 일은 없게 해
주게"
그 녀석은 나의 눈꺼풀 깊숙이에서 방긋하고 미소지을 뿐이고,
그 녀석은 기분 좋은 듯이
나의 눈꺼풀 깊숙이로 뽐내며 돌아오는 것이다

童子征く

岩谷 健司

庭子たちの祈りは
寸毫もおのれを假借しない
風が烈しく
樹々や草叢を鞭打ってゐる
久しい夏の暑さで
草原は倦怠し弛んでゐる
捉へゆさぶる秋の手は
厳しい露霜の
朝の小鳥のやうだ，
遠くの山々の頂から
清澄な空氣を寸斷して
草笛の旋律が鋭い
野道を奔流のやうに

소년이 출정하네

이와야 겐지

아이들의 기도는
조금도 나를 용서하지 않는다
바람이 심하고
나무들과 풀을 채찍질한다
오랜 여름 더위로
초원은 권태로 나른해 있다
잡고 흔드는 가을 손은
딱딱한 서리 이슬에
아침의 작은 새 같다

멀고 먼 산 정상에서
맑고 개끗한 공기를 갈기갈기 찢는
풀피리 선율이 날카롭다
들길을 격류처럼

旅立つて行く寛子
寛子たちの瞳
希望と歓喜に燃えてゐる

秋の日射にめくるめく
生身の鉄が煌き
充ち溢れこぼれかける
榮と榮との肩章が光る
これら旅立つ寛子たち
烈しい誇と耻ひとに
弾り戰いてゐる

寛子たちの門出に
遠窗が遥いてゐる
空高く餞替の杯を乾そう

길을 떠나가는 소년
소년들의 눈동자
희망과 환희에 불타고 있다

가을 햇살에 어지러워져
인간 몸뚱이에 있는 총은 눈부시고
차고 넘쳐 흐르는
영예와 명예의 어깨 훈장이 빛난다
이들은 길 떠나는 소년들
열렬한 긍지로 수치스런 사람들에게
뽐내며 싸운다

소년들의 출발에
멀리 천둥소리가 울리고 있네
하늘 높이 서리 이슬의 잔을 비우자

★意決の年周二争戦亜

ゐもんぶくろ

大島　修

おはみいくさ呼びめぐれる日
ゐもんぶくろをつくらんとして
ゐもんぶくろをつくりて兵隊におくらばやと
て
國民學校の兄はエホンをとせがひ
妹はお人形を投げ持ち
父に頁を
使はさ方がに、論語と　　卲輪の砂壤を
われのぶし賣ひ賣ひて
むつび寄り　さやぎてもあれ
あゝゐもんぶくろをおくらんとして
ためらひて　ものゝねもふかなわれ
はらばらとかなたより
流行歌を！彈奏を！
心もゐもんぶくろをにもとめて
つはものらがかたりしとの　のは
いたましくむなしくによみがへりいたましく耳
にぎのこりて　もたせるまゝに
あゝ、ゐもんぶくろをつくらんとすれど
しみじみとまなことざしてもたせるまゝに
さめらひて　ものゝねもふかなわれ

위문봉투

오시마 오사무

성스러운 전쟁날이 다시 돌아오는 날
위문봉투를 만드려고,
위문봉투를 만들어 보내야겠다고,
국민학생(초등학생) 아이는 그림책을 말하고
여동생은 인형을 드린다고 가져오고
아버지는 미나리를
어머니는 역시 통조림과 배급 설탕을
제각각 말하고
다정하게 가져오며 시끄럽네
아아 - 위문봉투를 보내려 하네
주저하며 생각에 잠기는 나
아득히 먼 저쪽에서
비행기를! 탄약을!
위문봉투를 원한다고
병사들이 말하는 것이
애처롭고 헛되이 되살아나 애처롭게 귀에 남아
아아 - 위문봉투를 만드려고 하는데
절실하게 눈을 감고 쥔 채로
주저하며 생각에 잠기는 나

精　神

——大東亞戰二週年を迎へて歌へる——

椎　木　美　代　子

みことのりいただきてより一億が抱く精神は高きに從きぬ

貪婪なる野望遂げむと米英が恃むはあはれものの力ぞ

物質に恃む誰が跪弱さはわれが氣魄前に消ぬべし

いちにんのその幾許が飛行機に化する數字は今や正眞なり

窓外の月の光りを仰ぎゐてこの安穩に額垂れにけり

정신

시이키 미요코

천황의 말씀 받들어서 1억이 품은 정신을 높이 따르네
욕심난 야망을 이루기 위해 미영을 믿는 불쌍한 물력이여
물질을 믿은 패거리들이 궤약함은 우리 기백앞에 사라질 것이다
한사람 그 이상 비행기에 산화한 숫자는 이제는 진실이 되었다
창가의 달빛을 우러러 이 안온함에 머리를 드리우리

1944년 1월 『一月號』

出陣する君の額上 （スケッチ）

大 島 修

湖のやうに靜かな
ひろいひろい湖のやうに靜かな
君の額上に若者の群像が現れ
若者の深り刻つた群像が現れ
群像のあとからあとから感喜の歡呼が
現れ
怒濤の如き幾萬人の衷惜に永い傳統の
血脈が一度に沸きあがり
君の額上はいみじくも光り輝き
叙智の線層にいみじくも光り輝き

출진하는 그대 이마위에 (스케치)

오시마 오사무

호수처럼 조용한
넓디 넓은 호수처럼 조용한
그대 이마 위에 젊은이의 군상이 나타난다
젊은이의 헬쓱한 군상이 나타난다

군상을 뒤따라 감흥의 환희가 나타나
노도와 같이 수만인의 표정에 영원한 전통의
혈맥이 한번에 끓어오르네

그대의 이마위에는 적절하게 서광이 빛나고
예지의 연마에 적절하게 서광이 빛나네

君の額上に燦然と美しい文字が刻まれ
朝鮮の進軍を告げる美しい決死の文字
が刻まれ

ああ君は征くのだ
君は勇み征くのだ

君の額上には僕の姿が倒映され
さびしく残された僕の姿が哀れに倒映
され

君を送らんとする僕の手は凍えつき
君を送らんとする僕の心臓はしきりに
ふるへ
わびしくふるべ

ああ君は征くのだ
君は勇み征くのだ

그대 이마 위에 찬연(燦然)하고 아름다운 글자가 새겨져
조선진군을 고하는 아름다운 결사의 글자

아아-그대는 출정하는 것이다
그대는 용감하게 출정하는 것이다

그대 이마 위에는 나의 모습이 쓰러져 비춰지네
쓸쓸하게 남겨진 나의 모습이 불쌍하게 쓰러져 비춰지네

그대를 보내려고 하는 나의 손은 얼어서
그대를 보내려고 하는 나의 마음은 끊임없이 떨리네
쓸쓸하여 떨리네

어떤이는 출정하는 것이다
그대는 용감하게 출정하는 것이다

我 等 は 行 く

―― 學兵に代つて ――

亞　東　輝

　堕威臣民の名に於いて
　大君の醜の御楯となりて
　我等は行く
　魂を失せず
　機を逸せず

　　　　　〇

　ペンを捨て
　銃を執りて
　我等は行く
　人間業を修めんために
　ほのかな現實より飛び出でて

우리들은 간다
— 학도병을 대신해서 —

아동휘

기회를 놓치지 않고
영혼을 잃지 않고
우리들은 가네
대군의 못생긴 방패가 되어
황국신민의 이름으로

○

펜을 버리고
총을 쥐고
우리들은 간다
인간의 업적을 거두기 위해
평온한 학교를 뛰어나가

躬興りて
潰滅ちて
我等は行く
鬼畜米英撃滅のために
世界平和の黎明を朝に問つて

　　　○

郷里を思つて
家族と別れて
我等は行く
二千五百萬の顔を刻んで
築きある歴史の曙光となりて

　　　○

九段の坂に
靖國の智証に
我等は行く
卓上の英霊となりて
尚代億萬年の香とたりて

흥분에 넘쳐
눈물 떨구며
우리들은 간다
귀축(鬼畜) 미영 격멸을 위해
세계평화의 아름다운 아침을 향해

○

고향마을을 나와서
가족과 헤어져
우리들은 간다
2천 5백만의 기원을 새겨서
영광스런 역사의 탄환이 되어

○

구단(九段) 언덕의
야스쿠니 신사로
우리들은 간다
황국의 영령이 되어
세월은 억만년의 향기가 되어

生命新に

澁谷　武男

三千年の歴史に懸けて夢ひたつわかものたちの生命新に

與論大谷

知慧めて聞きたる口黙頭の音はどばしる箏ふるひて

門毎に征旅はためき送らるる夢ならぬ日を遇しと持つか

あかときの濃霧の奥を一聯の走り來るあり聲のみ聞こゆ

働きてなほ假へつつ倦むはなし特別領成所生徒もの瞳あかるく

생명 새롭게

소에야 다케오

삼 천년간의/ 역사속에 녹아져/ 기세가 오른/ 젊은이들의/ 새로운 생명

변론대회

닫혀져 있던/ 입에서 터져나온 /열렬함이여/ 말은 용솟음치고 /주먹을 휘두르네
각집 문마다/ 출정기 펄럭이고/ 출정 날들이/ 꿈이 아니라며 /늦는다고 기다리는가
동튼 새벽의 / 짙은 안개 속을/ 한바퀴 도는/ 소리만이 들리네
일을 하면서/ 더욱 더 단련하며/ 게으름 없는/ 특별 연성소 생도들/ 눈빛 밝게 빛나네

1944년 2월 『二月號』

新春所感

怪石　李家源　甫

昭和十九歲帶新
宇內群生拾得春
地軸轉新瑞日紅
皇威爀々震西東

一億丹心成鐵石
米英撲滅豈難忍
元來正義必勝利
可笑米英抗戰空

신춘소감

취석(翠石) 이가원보

쇼와 19년 영화로운 새로운 해
천하 군생 모두 봄이 되네
지축 새로 굴러 홍일 상서롭네
황위 혁혁하고 동서로 흔들리네

1억 단심 철과 돌이 되네
미영 위업 만가지 어려움과 인내
원래 정의는 반드시 승리하네
가소로운 미영 하늘전투로 항쟁하네

これよりぞ神々雲の如く出でん

前　川　勘　夫

ソロモン、ガダルカナル海戦の頃ほひより

戦局愈々劇烈、酷烈となり

謡応相掎つの激闘は展開せられたり

されば、吾等の父、吾等の兄、吾等の友相ついで出で征き

南海の主、大洋の男となりたり

加藤中将も散りぬ

山本元帥さへも闘らず

されど戦は益々熾烈、決戦の相貌はいや浮くなりまさり

未だ々々求めらるゝあり

時、観にして蛮ひ立つは

これ神州男子の本然の性

지금이라고 신들 구름같이 출정하시네

마에카와 간후

솔로몬, 과달카날 해전의 좋은 날씨
전국(戰國) 더욱더 가열, 혹렬해져
용호상박의 격전은 전개되어 졌네
그러면 우리들의 아버지, 우리들의 형, 우리들의 친구 연이어 출
정해 가네
남쪽 바다의 주인, 대양의 귀신이 되거나 하네
가토(加藤)중장도 산화했네
야마모토 원수조차도 돌아오지 못하였네
그렇지만 전쟁은 점점 엄격해지고, 결전의 모습은 더욱 걷잡을 수
없네
아직까지도 요청되고 있네
이 시기가 어려운 때라고, 용기있게 일어서는 것이
이 신국(神州, 일본) 남자의 본연의 성질

——とれりぞ神々愛の如く開で人——

日本島根の不欠の傳統なり
これよりぞ神々愛の如く出でん
男も起てり、女も起てり
老ひも起てり、若きも起てり
生命はやるものは、すでに學窓を去り輝を出で
穩に、空に、果又海に赴かんとす
その敷はや幾萬、幾千萬なるを知らず
これよりぞ神々限りなく生れ出でん

つけても、かへりみらるゝは漁のわが身なり
われ齡を窺ぬることすでに三十有餘歳なすなく、親亨るなく、唯くらひ、むさぼれり
されど今われにも惡ゆるもの、たぎるものあり
行きてアルミニウム、マグネシウムの工場に入らんか
果又進力增强陣、生産技術稿をものせんか
果又進力增强陣、生産技術稿をものせんか

（一〇・八）

일본 시마네의 부양(不壤)의 전통이 되네
지금이라고 신들 구름같이 출정하시네
남자도 일어나고 여자도 일어났네
노인도 일어나고 젊은이도 일어났네
생명이라고 하는 것은 이미 학교를 떠나 고향을 나와서
대륙으로, 하늘로, 머나먼 또 바다로 향하려 하네
그 수는 이미 수만, 수천만이 될지도 모르네
지금부터라고 신들은 한없이 다시 태어나네

그와 관련하여 뒤 돌아보는 것은 추한 내자신뿐
내 나이를 먹어간지 이미 30여년 되지 않고, 어려움 없이, 단지 먹
고 욕심부렸네
그렇지만 지금 우리에게도 타오르는 것, 끓어오르는 것이 있네
가서 알루미늄, 마그네슘의 공장에 들어갈까
말로에 또한 붓을 꺼어질 때 까지 생산력증강론, 생산 기술 투고를
할까

(10.8)

青年詩集 (一)

金　村　龍　濟

青年の橋

地球の死角に夜なかが來ても
闇を知らない東方の太陽は
動かない老人のいふ西方を否定する
そしてどこかの海や陸のかんばせの上に
新しい朝をお早うとほほゑみながら
青年の光りの橋をかけて行く

地球のどこかに自盡が來ても
光盲の老人が見えないと頭をふつても
青年の瞳の星たちはかがやいてゐる

ああ平行線の空間を絶した時間の朝
わが青年の希望よ
ああ無眼燭の光幕を曳く遠戍の瞳
わが青年の夢路よ
それは神から人へ、人から神へ

청년시집(1)

가네무라 류사이(김용제)

청년의 다리

지구의 사각(死角)에 밤이 와도
어둠을 모르는 동방의 태양은
움직이지 않는 노인이 말하는 서방을 부정한다
그리고 어딘가의 바다나 대륙의 얼굴 위에
새로운 아침을 "안녕하세요"하고 웃으며
청년의 빛나는 다리를 세워간다

지구 어딘가에 백야가 와도
광맹의 노인이 보이지 않는다고 머리를 저어도
청년의 눈동자는 빛나고 있다

아아! 평행선 공간을 절단한 시간의 아침
우리 청년의 희망이요
아아! 무한한 등불의 광막을 관통하는 동경의 눈동자
우리 청년의 꿈길이요
그것은 신들에게서 인간에게, 인간에게서 신들에게

無窮のいのちを盡き行く青年の橋である

わが「とこわか」の魂のなかに
むきらかによみがへる新しきもの
ああ日の國のかがやく橋はうるはしきかな
地球の廣漠を恍惚して朝をひろめる
日本より東亞へ
東亞より世界へ

わが若き戰士の光りの橋は
撩ゆる虹の裳を生み圍めつつ
祖國の神意と人類の運命をになつてゐる
ああ大東亞戰の聖なる青年の旗なみは
勝利の岸から建設の岸へ渡つて行く
億兆法の橋が世紀の奇蹟を歌つてゐる

무궁한 생명을 이어가는 청년의 다리이다

우리가 "언제나 젊은" 영혼속에
명확하게 돌아오는 새로운 것
아아! 일본국의 빛나는 다리는 아름답구나
지구의 광막을 개척하여 아침을 펼친다
일본으로부터 동아시아에
동아시아에서 세계로

우리 젊은 전사들의 빛의 다리는
피어나는 무지개 구름을 만들어 굳건히 하고
조국의 신의 뜻과 인류의 운명으로 되었다
아아! 대동아전쟁의 성스러운 청년의 깃발들은
승리의 기슭에서 건설의 기슭으로 건너온다
억진법의 다리가 세기의 기적을 노래하고 있다

従　弟　に

君の大事なお母さんは
なつかしい私の伯母である
私の小さい時のしぐさがどうだつたとか
村一番の裸の薮には私のいたちがあつたとか
君のお父さんを思ふさびしい時には
何時もの昔話を感傷のやうにいつてゐる

君のお父さんが亡くなつた三日のあと
私は十何年ぶりで東京から帰つたが
あの七年前の夏の夜は暗かつた
村をとうに離れた私の家も君の家も
京城の場末の小さな借家に越つてゐた

사촌남동생에게

너의 소중한 어머니는
그리운 나의 백모이다
나는 어렸을 때, 하는 짓이 어땠다거나
마을 가장 큰 벼 창고에는 복족제비가 있었다거나
너의 아버지를 생각하는 쓸쓸한 때에는
항상 옛날이야기를 푸념처럼 말했다

너의 아버지가 돌아가시고 3일 후
나는 십여년 만에 도쿄에서 돌아왔지만
7년전 그 여름밤은 더웠다
마을에서 멀리 떨어진 나의 집도 너의 집도
경성 변두리의 작은 셋집으로 변해있었다

伯母は私に逢つたそのうれしさを
伯父に一目見せたかつたとまた泣いた
まだ十五のいぢらしい君の肩には
古風の裂服が重さうに私を泣かせた
ああその君が
今はもう家の柱になつてゐる
そして外一匹の徴兵で勇士にならうとする

伯母は五十すぎの老いの目をほそめて
君の月給が五十圓になつたと喜びながら
夜も休まずに貸仕耶の針を運ばせてゐる
十六の従妹は被服工場で働いてゐる
君たちの朝は早くから活氣づいてゐる
そしてほんとに有難いことには
一人のわが子わが兄をほとりかに

백모는 나를 만난 기쁨을
백부에게 한번 보이고 싶다고 다시 울었다
아직 열다섯의 애처로운 너의 어깨에는
고풍스런 상복이 무겁게 나를 울렸다
아아! 그런 네가
지금은 이제 집안의 기둥이 되어 있다
그리고 제1회의 징병용사가 되려 하고 있다

백모는 오십넘은 늙은 눈을 가늘게 뜨고
너의 월급이 50원이 되었다고 기뻐하며
밤에도 쉬지 않고 가난한 일거리인 바늘을 움직이고 있었다
16살의 이종여동생은 의복공장에서 일하고 있다
너희들의 아침은 일찍부터 활기를 띠고 있다
그리고 정말로 고맙게도
한 사람의 우리 아이, 우리 형을 자랑스러워하며

君の甲種合格を神棚に祈つてゐる

だが貧しい家のあとのことが氣になるのだらう
お母さんの入齒をちやんとはめてやる
この頃目だつ君の孝行ぶりを
私は心なしには見ることが出來ない
君は私には何とも言はないが
私も君には何とも言はないが

一つの屋根の下にかうして何年間
かまどだけは別々に焚いてはゐたが
同じかめの味噌を食べて來たではないが
このやうなボロ靴の從兄ではあるが
從弟よ、この兵の家をとにかく守らせてくれ

너의 갑종 합격을 가미다나에 빌고 있다

그러나 가난한 집의 뒷일이 걱정이 되었겠지
어머니의 틀니를 야무지게 끼워드린다
이즈음 눈에 띄는 너의 효행어린 행동을
나는 매정하게 볼 수가 없었다
너는 나에게는 아무 말도 하지 않지만

한 지붕 아래에 이렇게 몇 년간
부뚜막은 별도로 밥을 짓고 있었지만
같은 항아리의 된장을 먹은 것은 아니지만
이러한 누더기 신발의 사촌형이지만
사촌동생이여 이 병사의 집을 어쨌든 지키게 해다오

青年は鍛ふ

金森 八重子

朝毎にあふぐみ旗のさやけさにすめらぎの敵撃ちてし止まむ。

い征く日を胸に描けば笑ましかも熱血滾きたぎりつ撃ちてし止まむ。

大いなる試練の槌にひた向ひ感謝の誠捧げざらめや

日の丸のみ旗の下に笑みて死ぬ明日の戦に心練り練る。

ひたひたにうくる訓錬たのもしを若き亂は輝きみつる。

子に孫に大き名残し清かひかな五百重千重浪越えていざ征け。

みづく屍草むすかばね澄み渡る空にかも似む汝が覺悟は。

청년은 단련하네

가네모리 야에코

아침마다 올려다 본 깃발의 맑음에 천하를 통치하는 천황의 적을 무찌르리라

출정하는 날을 가슴에 그리면 미소 짓지만 피 끓어 올라 물리치리라

큰 시련의 채찍에 오로지 감사의 성심 어찌 바치지 않을까

일장기 아래에 미소짓고 죽을 내일의 전투에 마음을 연마한다

오로지 들뜬 훈련 듬직함으로 젊은 눈동자 빛낸다

아들과 손자에게 큰 이름을 남겨놓아야 한다고 5백겹 천겹의 물결 넘어서 출정하라

물에 잠긴 시체, 풀 무성한 시체, 맑게 퍼진 하늘과도 닮았구나 그대의 각오는

1944년 3월 『三月號』

青年詩集 (二)

金　村　龍　済

氷　上　飛　行

三寒の一夜のうちに
洪江のふなうたは冬眠の魚にのまれ
銀盤の飛行場がまぶしく光つてゐる
自然なる水族舘のガラスの上に
鐵橋の汽車を追ひとして燕のやう
冗波を切る脚刀がたはむれて飛ぶ

こ　の　春

すいつと呑む息は青くつめたく
「笛を吐くほほは赤くほてつてゐる
ああ若き日をおどる人間飛行機
氷上より天上へ、夢みる冬の燕らは
赤道の戦線へたつ日が待ちきれず
一脚丁字のわざを慰問寫真に送らんとす
「ほんとに春になりましたと」

청년시집 (2)

가네무라 류사이(김용제)

빙상 비행

삼한(三寒)의 하룻밤 중에
한강의 뱃노래는 동면의 물고기에게 먹히고
은반 비행장이 눈부시게 빛나고 있었다

자연의 수족관 유리 위에
철교의 기차를 추월하는 제비처럼
전파를 가르며 나아가는 새가 다리 장난을 치며 난다

흠- 하고 들이마시는 호흡은 창백하고 차갑고
휘파람을 내뱉는 후후-는 화끈하게 달아올랐다
아아! 젊은 날을 춤추는 인간 비행기

빙상보다 천상으로, 꿈꾸는 겨울 제비들은
적도 전선으로 떠날 날을 이내 못기다리고
단숨에 T자형으로 나는 재주를 위문사진으로 보내고자 한다

이 봄

"정말 봄이 되었습니다"하고

小鳥の歌がたのしく告げました

「こんなに暖い日になりました」と

やさしい風の手が

恙さうな枝をゆすぶりました

連翹の耳が早くきゝつけて

小さいこぶしのやうな芽を

エつとひらいたら

可愛い指がみんな

黄色い花びらになりました

やがて櫻の花がまたさいた

明るいかすみのなかに

戦線のたよりを翅にのせて

南洋からの燕がおとづれました

そしてこの春を持ちに待つた

兄さんだちは徴兵の庭に立ちました

国民学校の門を出た友だちは

中學校の道を立てて

みんな少年工になりました

僕はあの銀色の飛行機にあとがれて

大空をはるかに仰いでゐます

작은 새 소리가 즐겁게 알려주었습니다
"이렇게 따뜻한 날이 되었습니다"하고
상냥한 바람의 손길이
추워보이는 가지를 흔들었습니다

개나리의 귀가 재빠르게 듣고
작은 나무 마디의 새싹을
가만히 펼치니
귀여운 손가락이 모두
노란 꽃잎이 되었습니다

이윽고 벚꽃이 또 피었습니다
밝은 안개 속에서
전선의 소식을 날개에 달고
남태평양에서 제비가 돌아왔습니다

그리고 이 봄을 기다리고 기다리던
형들은 징병의 정원에 섰습니다
국민학교를 졸업한 친구들은
중학교 진학을 버리고
모두 소년공이 되었습니다
나는 저 은색 비행기를 동경하여
넓은 하늘을 저 끝까지 올려다보고 있습니다

海濱祕抄

—— 海老に ——

新井　清致

奇しとも奇しその背の曲りしは
爾が愛しき羞恥のなせる業ぞ
激しく波濤の襲へば怒り
冴ゆる魚籠にこころ萎れて

そと潜みてはその背のばす
太しき髭藻は爾が母ぞ——
さはれこころ常に慕ひて
北の溟の冷きを思ひ

乗り切れ乗り切れ我が肢よと
爾がかなしき新髯にのびし
二條ながきひげもあるかな
心せかれて身を躍らせし
波に浮ぶ爾が姿あはれ

바닷가 비밀 초록
― 새우에게 ―

아라이 세이치

이상하고도 이상하네. 그 등의 구부러짐은
그대들이 사랑한 부끄러움의 조화여
격심한 파도의 습격에 분노하고
맑고 깨끗한 어족에게 마음이 피로해져

가만히 잠수하여서는 그 등을 펴네
커다란 바위 그늘은 그대의 어머니-

그렇지만 마음을 의지하여 용기를 내어
북해의 차가움을 사모하네

이겨내라 이겨내 나의 팔다리여!
그대의 슬픈 기도가 닿아
두 줄기 긴 수염도 있는 것일까
마음이 조급해져 몸을 튕기어
파도에 뜨는 그대 모습 가련해라

せめてよく死に
——亡き母へ——

李　燦

春近き　夜半を　さめて　ふと　思ふ
遠き　とほき　古里の　亡き　母の　蓋
町を　東に　小川を　涉り　小山を　越え
蒼涼たる　野末の　みすぼらしき　二つ　塚
二度とは　歸り來じと　離郷の　秋暮
わすれがたみの　碑　うちたて　それに
しるせし　我が　最後の　宵の　涙よ

「泣きながらも　泣きながらも　よくは　逝きしと　云ふ」
ああ　如何に　薄命な　我が　母なりしか

ぬれた　ホホに　冷々と　泌入る　十年の　歳月！
名無く　財無き、この子の母の　蓋　誰か顧みし

春來て　花咲けど　生ひ茂る　雜草の　中
ここぞと　虫のみ　すくひ　虫のみ　すだき……

ああ　別の　命を　かけてし　この　濱の日
母よ　無能の子　せめて　よく死に　やはらげむ

어떻게든지 훌륭한 죽음으로
— 돌아가신 어머니에게 —

이찬

가까워진 봄, 밤중에 깨어 문득 생각한다
멀고 먼 고향의 돌아가신 어머니의 묘

마을 동쪽으로 작은 개천을 건너 작은 산을 넘어
청량한 들판 끝에 볼품없는 하나의 묘

두 번 다시 오지 않겠다고 고향을 떠난 늦가을
기념 비석을 세우고 거기에
기록한 나의 최후의 말 슬픔이여!

"한없이 울면서도 잘 가라고,
아아! 얼마나 박명한 나의 어머니인가"

젖은 뺨에 차갑게 스며드는 십 년의 세월!
무명의 재산 없는 자식의 어머니 묘 누가 돌아볼까

봄이 와서 꽃은 피어도 무성한 잡초 속
여기라는 듯 벌레만이 둥지를 트네 벌레만이 신음하네…

아아! 국가의 생명을 건 이 전쟁의 날
어머니여! 무능한 자식이 적어도 훌륭하게 죽을 수 있기를 온화하
게 괴롭고 애달픈 그대의 한

「朗渉會」一月吟詠

[兼題] 〇 入營

△ 入營の旗吹かれをり街の角　　　　溪流
△ 入營や友のひとみよ今朝の空　　　はる女
△ 入營や母の手赤し汽車の窓　　　　蹄狄

〇 寒稽古

△ 寒稽古外美しき松の家　　　　　　南號
△ 寒稽古濟ませて雪の美しさ　　　　岐月
△ 寒稽古指南の當に六十點笑　　　　暁村

[席題] 〇 寒月

△ 神威に匂ひし木影や恋の月　　　　翠狂
△ 寒月や奈良の古刹の甍瓦　　　　　湯村
△ 衷動慈へ今寒月の代と影　　　　　失架

「낭섭회」1월 낭독

[발제] ○입영
　△입영의 깃발 날리는 길 모퉁이
　△입영이네, 친구의 눈동자 오늘아침의 하늘
　△입영이네, 어머니의 손 빨갛게 된 기차의 창

　　　○동계 수련
　△동계수련 밖은 아름다운 소나무위의 눈
　△동계수련 끝내니 눈의 아름다움이란
　△동계수련 지도의 자리에 60여센티

[석제] ○겨울 달
　△신단에 엎드린 나무그늘이여, 겨울 달
　△겨울달이여, 나라의 고찰의 용마루
　△밤 동원이 끝난 지금 겨울 달의 나와 ■

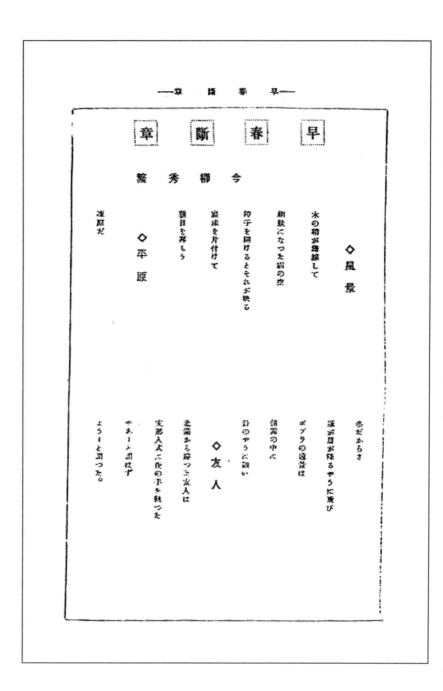

조춘단장

이마야나기 히데시게

풍경

나뭇가지가 어긋나서
■이 된 서리의 하늘
창문을 여니 그것이 비추네
침상을 정리하고
내일을 배례하자

평원

얼은 들판이다
겨울이기 때문에
■가 어깨가 떨어지게 뛰어
포플러 먼 풍경은
아침 안개 속에
바늘처럼 가늘다

친구

북만주에서 돌아온 친구는
중국인처럼 손을 잡았다
야아-하고 말지 않고
요오-하고 잡았다

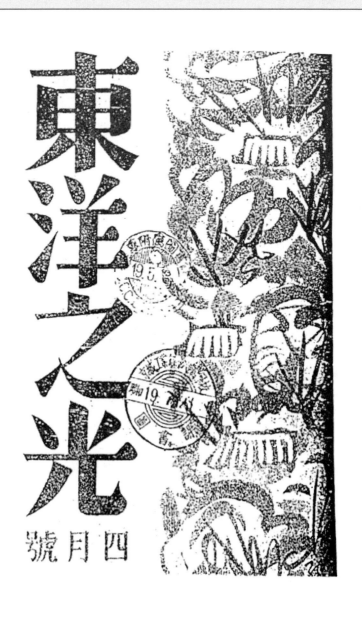

1944년 4월 『四月號』

言　志

　　　　　　　川　端　周　三

岩石が
波に微塵とく砕け散る
今ゝ日のさなかに在つて
さゝれ石が
いは礎となる日までを切に顧ふ
戀闘の火に生きる国民の
あれは一人だ
あれやこれやを想ふて寢たら
その夜の夢に
神富士が皎々と
日本海に姿をうつした

말의 뜻

가와바타 슈조

암석이
파도에 꼼짝도 않고 부딪혀 부서진다
오늘 한 가운데 서서
조약돌이
바위가 되는 날을 절실하게 원한다
전투의 불꽃에 사는 국민의
한 사람이다
이것 저것을 생각하고 잠드니
그 밤 꿈에
신같은 후지가
밝게 빛나고
일본해에 모습을 비추었다

朗涉會　二月吟詠

「兼題」

紅梅

△紅梅の香に佇めけり筆のあと　　　　　　　　　　南曉
　　　　　　　　　　　　　　　　　　　　　　　　鮮秋

△紅梅の香ましにけり女客

紀元節

△かがよへる遠嶺の雪や紀元節　　　　　　　　　　湯翠
　　　　　　　　　　　　　　　　　　　　　　　　村狂

△創世の頌歌溢るる紀元節

「席題」

麥踏み

△麥踏みや禍野につづく伊豆の海　　　　　　　　　　湯曉
　　　　　　　　　　　　　　　　　　　　　　　　村村

△麥踏みて歸る乙女の足輕し

雪解け

△雪解けに帶下臺とられ泣く子様　　　　　　　　　　宵鮮
　　　　　　　　　　　　　　　　　　　　　　　　梨秋

△阿鼻振靈解け雫ぬらしけり

「낭섭회」 2월 낭독

[발제]
　　홍매
△홍매의 향기에 멈춰선 붓의 흔적　　　　　　　남호
△홍매의 향기 더욱 풍기는 여자 손님　　　　　　선추
　　기원절
△번쩍이는 먼 봉우리의 눈인가 기원절　　　　　　양촌
△창세의 축가 넘치는 기원절　　　　　　　　　　취광
[석제]
　　보리밟기
△보리 밟기야 기슭 들판에 이어진 이즈의 바다　　양촌
△보리 밟고 돌아가는 소녀의 발걸음 가볍네　　　효촌
　　눈이 녹음
△눈이 녹아 빨간 나막신 벗겨져 우는 아이인가　　선추
△회람판 눈이 녹아 손을 적시네　　　　　　　　　육율

野口遵を悼む

京城師範學校教諭 佐野美好

光りを東洋に呼べる者
内鮮に、将半島に
幾指を屈し、幾人を数ふる
今その一指を、一人を
我等は失ふ、その名を
野口遵。

げに朝鮮の科學工業は
彼の足より、彼の頭腦より
滾々と、又滾々と
世紀の偉業をグムに誇り
決戦の硝煙を窒素に仰ぎ
内鮮の資本を技術を勞務を

노구치 시타가우(野口遵)를 애도한다

사노 미요시

빛을 동양에! 라고 외친 자
일본과 조선에, 바야흐로 반도에(半島)
수많은 손가락를 굴복시키고, 많은 사람을 센다
지금 그 한판을, 한사람을
우리들은 잃어버렸다 그 이름을
노구치 시타가우

실로 조선의 과학공업은
그의 발에서부터, 그의 두뇌에서
곤곤히(샘솟는 모양) 다시 곤곤히
세기의 위업을 댐으로 자랑하네
결전의 초연(硝煙)을 질소(窒素)로 우러러
내선의 자본을 기술을 노무(勞務)를

粒合して半島を開發せし
その巨人の心中を誰か云ふ
事業と──然かあらず、國家。
財閥と──然かあらず、日本、
野望と──然かあらず、情熱。
白髪顏く著く・病滿く得ては
即ち投ず、全私財。
忽ち成る、藥學舍、研究所。
その學徒、今大器に召され行く
その研究、今決戰の敵に挑み
死して偉業崗に挺身するや否。

光りを東方へ呼ばふる者
日本に、將東洋に
幾指を屈し、幾人を敎ふる
天に刻み、壞に誌して
我等は失はず、その名を

野口 英
世

수합하여 반도를 개발시키고
그 거인의 심중을 누군가에게 말한다
사업이라고──그렇지 않다 국가
재벌이라고──그렇지 않다 일본
야망이라고──그렇지 않다 정열
백발 점차 현저하고 병을 차차 얻어서는
결국 포기하지 않고 전 재산
곧 이루네 장학회, 연구소
그 학도, 지금 천황에게 불려서 가네
그 연구, 지금 결전의 적에게 도전
죽어서 더욱 황국에 앞장서 몸을 바쳐(挺身)

빛을 동방에 이르게 하는 자
일본으로, 장차 동양으로
수많은 손가락를 굴복시키고, 많은 사람을 열거한다
하늘에 새기고, 땅에 기록하고
우리들은 잃어버리지 않는다 그 이름을
노구치 시타가우

青年詩集 (三)

金村龍濟

甲　種

この國の母から乳を
三つの時までむさぼつた
この國の土から糧を
五十石もかみこなした
この國の腎い大氣を
無限に吸つて大きくなつた
この身の若いはだかは

正味何キロ、何メートルあるか
この最初の檢査を十時間前にして
靜かなわが家の床に眼をとぢる
この肩の逞さを
ひそかに心ではからう
このいのちの輕さを
無我の萬歳で羽化させよう
この思ひにひとしく蠢ゆる友

청년시집(3)

가네무라 류사이(김용제)

갑종

이 나라 어머니에게서 젖을
　　세 살때까지 빨았다
이 나라에서 식량을
　　50석이나 씹어 삼켰다.
이 나라의 청량한 대기를
　　무한하게 들이마시며 성장하였다
이 젊은 맨몸은
　　정미(正味) 몇 킬로, 몇 미터인가
이 최초의 검사를 10시간 전부터
　　조용한 우리 집 마루에서 눈을 감는다
이 어깨의 무거움을
　　조용히 마음으로 측량해 본다
이 생명의 가벼움을
　　무아의 만세로 우화(羽化)시키자
이 생각만이 오로지 불타오르는 친구여

ああ幾十萬の扉を数へるか

この御代の、この聖戦のために
内鮮同祖の血は無窮の糸をつぎ
この二千一のはえある竹ふしを
われらの上に結んだのだ、
この夜の壯んなる夢の火は
石を燒いても甲種のひかりを發して
この春の若木の花に
爛漫とよらせよ、醉はじめよ

かんばせ

野生の桃のよそほひは
あまりにも濃いくれなゐで
花びらが俤のやうに厚く見え

아아! 수십만의 별을 헤아릴까

이 시대의, 이 성전을 위해
    내선동조의 피는 무궁한 인연으로 이어져
이 21살의 명예로운 대나무절개를
    우리들 위에 맺은 것이다
이 밤, 용감한 꿈의 불은
    돌을 불태워서라도 갑종의 빛을 내어
이 봄, 어린나무의 꽃 위에
    만발하게 뿌리라. 취하기 시작하라

얼굴 모습

야생 복숭아의 꾸밈은
너무나도 진한 주홍색으로
꽃잎이 입술처럼 진하게 보여

匂ひはほろにがい蜜のやうだ

陽氣な蝶になつてゐた私のまぶたには
小さい時猩紅熱で亡くなつた
かなしい妹のかんばせが浮び
花ともつれて戸まどひをした

櫻の花が一時にぱつとさくと
私はこよみの數字を忘れてしまふ
――春は百日の冬を越して
そうつと來るものではなかつた

散る時も春嵐をぱつと染める大空に
場符のあるじをよく見ようと眼をとぢた
たのもしい機上少年のかんばせが
櫻の花いろにほゑんで行つた

향기는 씁쓸한 밀감 같다

화려하고 활발한 나비가 되어 있던 나의 눈꺼풀에는
어렸을 때 선홍렬로 죽은
슬픈 여동생 얼굴이 떠오른다
꽃과 뒤얽혀져 어찌할 바를 몰랐다

벚꽃이 한 번에 활짝 피면
나는 달력의 날짜를 잊고 만다
── 봄은 백일의 겨울을 지나
가만히 오는 것이 아니었다

질 때도, 봄바람을 확 물들인 넓은 하늘에
폭음의 주인을 잘 보려고 눈을 감았다
믿음직한 비행기 위의 소년 얼굴 모습이
벚꽃 색깔로 미소 지으며 갔다

1944년 5월 『五月號』

ふとん

新井雲平

友にも寄らせぬ引越の日には
おほきな荷物になつて困らせたふとんは
わたくしの履歴をよく知つてゐる
母がわたくしをよく知つてゐる様に

母の手づから織りたしたじようぶな縞ぶとん！
はじめてのおほきな都介では
すつぽり行李の底にちぢと這つてゐた
わたくしはそうつと引かむつてゐた

――これからは
みしらぬ町へひとりで行つても
ふとんさへちやんと持つて行くならば
安心して仕事にはげめさうだ
今夜もふとんはあたゝかい

이불

아라이 운페이

친구에게도 고하지 않고 이사한 날은
큰 짐이 되어 곤란하게 한 이불은
나의 이력을 잘 알고 있다
어머니가 나를 잘 알고 있는 듯이

어머니 몸소 짜넣은 튼튼한 면 이불
처음으로 큰 도시에서는
쑥 짐아래에 오그라지게 넣었다
나는 살짝 안으로 들어가 잤다

── 이제부터는
알지 못하는 도시로 혼자 가도
이불만 제대로 가지고 간다면
안심하고 일에 힘쓸수 있는 것이다
오늘밤도 이불은 따뜻하다

朗　歩　會　三　月　吟　詠

〔兼題〕　（霞）

◎神代の変鼓とかや大かすみ　　　　　漫秋村　雅

◎夕設む帆や扇子の唄とお　　　　　　醇村

◎海女の舟ユタリ〈と澄む　　　　　　筆

（春雨）

◎春雨や小さき鏡の筏花　　　　　　　晩村　荻村

◎琴止むで春雨の茶菜の香る　　　　　静村　紫

◎春雨に地震もぬろ〻〻　　　　　　　其

〔席題〕　（春の雪）

◎いそしぞ盆愛に待へり〻　　　　　　炎栄　春

◎民兵の頬に散り消ゆ〻　　　　　　　　　硏

「낭섭회」 3월 낭독

[발제]   안개
   △신대의 ■터인가 넓은 안개
   △저녁안개 고개여 마부의 노래와 종소리
   △해녀의 배 천천히 여유있게 흘러가네

        봄비
   △봄비여 작은 삿갓의 도롱이인가
   △거문고 그치고 봄비 속 다실 찻집의 향기
   △봄비에 땅 젖어져 ■■

[석제]   봄의 눈
   △사랑스러 아이의 ■에 ■하는 봄의 눈
   △사열병사의 빰에 내려 사라지네

田園にて　　李周洪

双筒筒のやうに
鶏が
同じ節で同じ時に
鳴を出した
夜は搦の起こされ
先づ
東の窓から
闇が別れ始めた

暗い中を
洞窟の中を
私はぢいと
子供の息を聞く
闇のラヂオに
はや燃り出した
戦況を聞かむと

전원에서

이주홍

통피리처럼
닭이
같은 시절 같은 때에
울기 시작했다

밤은 흔들려 깨어서
먼저
동쪽 창에서부터 어둠이
벗겨지기 시작했다

어둠 속을
동굴 속을
나는 가만히
어린아이의 숨소리를 듣는다

옆 라디오에서
빠르게 내뱉는
전황을 들으려고

耳をそば立てれば
子供の息の
遥か高く

老ひたるものに
幸あれよと祈れば
カターン
カターンと
父は起きゐたり

灰皿の叩かれる
懐しき
金屑の音

釘は更に噛がむと
掻を打つ若して
羽をは大を出した

——昭和十九年正初——

귀를 기울이면
아이들의 숨소리가
더욱 크다

늙은 자에게
행복 있으라고 기도하면
쿵쾅
쿵쾅하고
아버지는 일어나 계신다

재떨이를 두드리는
그리운
금속의 소리

닭은 더욱 울고
홰치는 소리를 내고
날개를 푸득이기 시작했다

―쇼와 19년(1944년) 정초―

舊歌二章　　則武三雄

無題

或るひとによき帽子見つけて贈りしに
そのひとは誰へらずて
季節はづれの帽子となりぬ。
かのひとはかへりきたれど秋なれば
かぶらむによしなきかなや。
すわが思ひも遠く去り
さりがてによし思ふとも
なにかまた過ぎたるごとし。

구가 2장(舊歌 2章)

노리타케 가즈오

무제

어떤 사람이 좋은 모자를 발견해 보냈지만
그 사람은 돌아오지 않아
계절에 맞지 않은 모자가 되었다
그사람은 돌아왔지만 가을이되어
쓰려고 해도 좋지 않은 것일까
지금 우리 생각에도 멀리 사라져
그렇다 좋은 생각도
무엇인가 다시 지나친 것이다

いまぞがひとは遠くさり
馬ひしのべるよすがもこそ、
若き日の袰や訣れは
愛おげの移ろひ
溯暦の群れてひるがへるどと。

病　床

ヂュッヂュッヂュッ、わが窓に來てこの朝も、病め
る身脆にノックする鳥。
ヂュッヂュッヂュウ、一人のわれにとの朝も、雨の
氣配を喚ばはる雀。
一刻にさり、一刻に炎び、あとには白い空
閑時間"

　　×

小さいヂュウ、ヂュッ、ヂュッ。嘴をあけ
て餌を待つてゐる、生れた許りの赤い薔薇。
用生届はしたかしら。

지금 ■■ 멀리 사라져
그립게 여길 연고야 말로
젊은 날의 사랑이나 작별은
걸친 구름이 옮겨져
파도 소용돌이 무리지어 뒤집히는 것

병상

쩍쩍쩍... 우리 창에 온 이 아침도 아픈 신체에 노크하는 새
쩍쩍쩍 한 사람의 나의 이 아침도 비 기운을 부르는 참새
일각으로 사라지고, 일각으로 바꾸어 나중에는 하얀 공간 시간

×

작게 쩍쩍쩍 주둥이를 벌려서 먹이를 가지고 있네 막 태어난 빨간
장미
　출생신고는 한 것일까

1944년 6월 『六月號』

辨當箱

新井雲平

朝ごとに母のまごころこめてつんでくれる
アルミニューム のべんとう箱は
ほかの誰のよりもおもかつた
おひるごと私はそれを喰べながら青年になつた
私はそれからとほい旅をした
屋根に菊の花しろく咲く文章三間
そのひと間にのこつて

도시락

아라이 운페이

아침마다 어머니의 진심을 담아 싸주었다
알루미늄 도시락은
다른 누구 것보다도 무거웠다
점심 나는 그것을 먹으면서 청년이 되었다

나는 그로부터 먼 여행을 하였다
지붕에 호리병 꽃이 하얗게 피어 초가지붕 세칸
그 한칸에 남아서

——性具特の兒國——

母はひとりで炊事をした
いくど汗ぶりつかれた群をひきながら
私は母の許へかへつて來た——
母は額にしづかな懷をきざんで
いそいそとべんとう箱をつゝんで出した
私は元氣をとり戻した

けふ勤めを了へてのかへりすがら
私は酒店ののれんに眼をやつた
とつぜん客になつたべんとう箱は
カラカラカラなり出した
そんが「いけません」「いけません」と怒えてきた
私はいそいで踊をかへした
——うつすらと涙のまへを
母がしづかに立つてゐた

어머니는 혼자서 취사를 하였다

몇해만에 홀리듯 신발을 신으면서
나는 어머니의 곁으로 돌아왔다
어머니는 이마에 조용한 주름을 새기고

허겁지겁 도시락을 싸서 나왔다
나는 기운을 차렸다

오늘 근무를 마치고 돌아가는 모습
나는 술집 장막에 눈이 갔다
갑자기 하늘이 된 도시락은
빈털터리가 되었습니다
그것이 "안됩니다" "안됩니다"하고 들려왔다
나는 서둘러 발걸음을 옮겼다
── 어렴풋이 눈앞을
어머니가 조용히 서있었다.

1944년 7월 『七月號』

自　爆

今　柳　秀　鎔

花びらが舞ふやうに
あの海は奥まで碧く
それが澄みこんだやうに寄鹽に赤く
紅顔の青年は散つた。

花より赤く
海より碧く
あゝ華やかな態ですと、
艘のない魚腸は慢てゝしまつた
艘があれば淺いたに違ひない。

자폭

이마야나기 히데시게

꽃잎이 춤추듯이
그 바다는 깊숙이 푸르다
그것이 깊이 스며든 것처럼 예쁘게 빨갛고
홍안의 청년은 졌다

꽃보다 빨갛고
바다보다 파랗고
아아-화려한 곰이라고
눈꺼풀이 없는 어뢰(魚雷)는 당황하고 말았다
눈꺼풀이 있다면 울었을 것이 틀림없다

—徴兵検査—

海岸電車

—松原康郎—

美しい鐵錆みの目をした士官と
木彫りの土產人形を手に手に
黃色の挑跳な笑ひを流してゐる水兵と
麥藁帽子をかむつて
半ズボン、カツター一枚の少年達とで
電車は一ぱいだつた

近在訛りの車掌さんは朴訥そのもののやう
な手つきで、切符をきり
電車は時折り釣竿の様な掛聲いそがしく
琵琶小路、由比ケ濱を
綠に汗ばんで曲つて行つた

やがて
蟹のやうに大きな鋏を振翳して、
海の匂ひが、とんねるの出口から
のそのそと　車窓に匍ひ上り
乘客は　そはそはと荷物を取上げて
貝殼の敷きつめてある濱に立つた

해안 전차

마쓰바라 야스오

아름다운 전투 ■의 날의 임관과
목각 토룡인형을 손에 손에 들고
■색의 건강한 웃음을 짓고있는 수병과
태■
반바지, ■ 한 장의 소년들로
전차는 가득했다

시골 사투리의 차장은 순박하고 말재주가 없는 손짓으로 표를 받고
전차는 가끔 뿔고동소리 같은 기적을 서두르듯
비와호수 작은 길 유이가모래사장을
초록을 땀나게 돌아갔다

이윽고
■같은 커다란 현을 ■■해서
바다의 냄새, 터널 입구에서
느릿느릿 차체에 냄새가 올라와
승객은 뒤숭숭해져 짐을 들어내려
조개껍데기가 쌓아져 있는 바다에 섰다

東洋之光

八月號

1944년 8월 『八月號』

─宮 神 鮮 朝─

宮 神 鮮 朝

─をりのいのへ擧亞細亞─

二 聖 利 由

朝ごとに詣で來りて祈り變ふは戰ふと
との邦のこと

西北にいむかひまして天照らす神の御稜威に
ほこらす國はもります

はろかなる亞細亞の路ゆひな靡けと神さ
び坐す大神宮

こゝはこれ亞細亞の鎭ともらゐる
ところぞ夢は忘れそ

十億の民のよりどゆ神ながら神さび坐す
大神宮

神風の伊勢の神宮の御神威をいつき祀れ
る大みやどころ

조선신궁(朝鮮神宮)
— 아시아 황국에의 기원을 —

유리 세이지

아침마다 참배하러 와 기도하고 원하는 것은 천황의 전쟁과 이 일본의 일

북서로 향하여 아마테라스 오미카미 신의 천황의 위광에 나라를 지킵니다

머나먼 아시아의 길에 출정한다고 장엄하신 대신궁

여기는 이 아시아의 영험이 담긴 중요한 꿈을 잃지말아라

10억의 백성으로부터 오직 신이면서 신성하고 장엄한 대신궁

신풍의 이세신궁의 휘광을 항상 모셔진 큰 궁성

南山の瑞地にいつき祀らえる大御社ゆく
にのかなめと

亞細亞なるくにの要と神ながらいつき祀
れる火みやしろゆ

亞細亞なるくにのをさらゆ十億の民の心
のかなめどころぞ

西北の路明きらけく照りはゆを知らずや
人の忘ともしく

譏りがみ亞細亞にくにす十億の一字の民
に光りあまねく

ひとつなる亞細亞の民のくにつちのかた
き要とかしこみ仰ぐ

남산의 지대에 모셔진 대신사에 가는 중요한 곳

아시아의 중요한 신이면서 계속 계신 큰 사당

아시아의 중요한 10억 백성의 중요한 곳이라

북서의 길 분명하게 비추는 것을 알지 못할까

사람의 의지는 어쨌든

양보의 신 아시아에 10억의 한집 백성에게 빛이 널리

하나 된 아시아의 백성의 나라, 흙의 소중함으로 황송하게 우러른다

文 學 靑 年

新井雲平

母はどこで覺えたのか
交際術年といふ語を知つてゐる
ながい歌の姿をしろい込みながら
其れはどんなものかと訊いてゐる

大へんにやさしい若者です
身動きの出來ない處までいつてしまふ
其れはうつくしい物に惹かれて
私は返答に困つてしまふ──

天塩の測さに氣を容まれて──
何時も島らゝら搖れてゐるのです
眼にはみえないぶらんこに乘つて
その若者は高いところから下りてくる

仔鹿のやうに彈ね廻るのです
そろそゝ丈夫な脚をうごかして
ひと足でこつそり下りてみるのです
いえ其の若者はみ知らぬ山裾へ

문학청년

아라이 운페이

어머니는 어디에서 들은 것인지
문학청년이라고 하는 소리를 알고 있었다
긴 가을밤을 하얗게 밝히면
그것은 어떤 것이냐고 물었다

나는 대답이 궁해졌다
그것은 아름다운 것에 이끌려
미동도 할 수 없게 되고 만다
대단히 상냥한 젊은이입니다

그 젊은이는 높은 곳에서 내려온다
눈에는 보이지 않는 그네를 타고
항상 흔들흔들 흔들리고 있습니다
천지의 광활함에 마음을 빼앗겨서 ──

아니 그 젊은이는 모르는 산기슭에
혼자서 가만히 내려오는 것입니다
그래서 튼튼한 다리를 움직여
어린 사슴처럼 여기저기 뛰어나니는 것입니다.

哀しいお月様がのぼつても
いえいえそれ丈ではない
　——鄕國を護つて銃を執り
職場へいつてもつよいのです
大君の任のさにまに
どんな遠い處へでも
お嫁とようさずに征くのです

それでも母は納得ゆかず
あらぬ處をみつめては
靜かに硯をうつてゐる
私は思ひ切つて言つでしまふ
　——それはわたくしのやうな者です——
母はびつくりして私をみつめた
兒が直ぐに安心したやうに
頭を上下に振つてゐる
そとでは夜が更けてゆく……。

슬픈 달님이 떠올라도

아니 아니 그것만이 아니다
── 나라를 보호하려고 총을 쥐고
전쟁터에 가도 강합니다
천황께서 주신 임무대로
어떤 먼 곳이라도
싫다고 하지 않고 출정하는 것입니다

그래도 어머니는 납득하지 못하고
여러 곳을 응시하고서는
조용히 다듬이를 치고 있습니다
나는 마음먹고 말해버립니다
── 그건 저 같은 사람입니다 ──

어머니는 깜짝 놀라 나를 응시 하였습니다
그러나 바로 안심한 듯이
머리를 위아래로 끄덕입니다
밖에는 밤이 깊어져 갑니다 …….

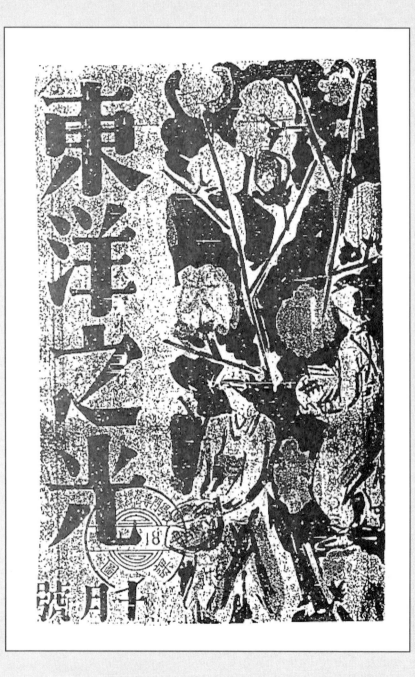

1944년 9 · 10월 『九 · 十月號』

青 年 詩 集 (四)

金 村 龍 濟

學 徒 動 員

今年の春も夏にかけ
山の木が風をはび
草の根が雲をあこがれ
そして野に耕す人々は
季節の神々に
土の家を合せて雨乞ひをした

その炎い早魃のあとに
天地をうるほすもの
雨は沛然と

청춘시집(4)

가네무라 류사이(김용제)

학도 동원

올 봄도 여름에 걸쳐
산의 나무가 바람을 부르고
풀뿌리가 구름을 동경하고
그리고 들판에 경작하는 사람들은
계절의 신들에게
땅에 합장하고 비를 기원하였다

그 긴 가뭄 뒤에
천지를 적시는 것이
비가 억수로 쏟아져

感謝の熱淚と共に降つた

ああ、この日晴れの門出を歌ふときを
あなた達は思ひ出すだらう
かの一月の寒天の下
あなた達の先輩なる
學兵を送つた壯行會の星の夜を

それから半歳
母校を守つて幾つたもの
この日また時は來て
學徒勤員の戰列を行くではないか

감사의 소리와 눈물이 함께 흘렀다

아아! 이날 맑은 날 출발을 노래할 때를
당신들은 기억하겠지요
그 1월의 차가운 하늘 아래
당신들의 선배인
학병을 보낸 장행회(壯行会)의 송별모임의 별밤을

그로부터 반년
모교를 지키고 남은 자
이날 다시 때가 와서
학도 동원의 전열을 가지 않습니까

つぎつぎに行くものは行を
固く守るもの木霊に待機して
やがて中學生も女學生も
いとけない國民學校の弟たちよ
あなた達のあとをつづくだらう

行くもの
残るもの
動員の歌は青春の熱風に燃え
母校の櫻に溢ちあふれ
清らかな感激の涙をふらす

今激戦の空に求めるものは
青年の風である
青年の雲である　雨である
その後の青春の花である

あなた達の手が
動員の汗を握つた時

차례차례로 가는 자는 가고
굳건히 지키는 자는 다시 평상시처럼 대기해서
이윽고 중학생도 여학생도
순진한 국민학교 동생들
당신들의 뒤를 잇게 되겠지

가는 자
남는 자
동원의 노래는 청춘의 열풍에 불타오르고
모교의 누각에 가득 넘쳐
깨끗한 감격의 눈물을 흘리게 한다

지금 격전의 하늘에 요구되는 자는
청년의 바람이다
청년의 구름이다, 비이다
나중의 청춘의 꽃이다

당신들의 손이
동원의 땀을 쥐었을 때

戦ひの嵐はもう起つてゐる
その手をひと度び揮れば
飛行機の雲が空に満ち
敵撃滅の爆弾の雨は降る光らう
そのことを私は確信する

ああ、あなたがた行くもの
また還るもの
「に母校の名と
学徒の誉れを守りぬけ

この壮んなる別れの中に
誇りかに、またつつましく
烈しき想ひをとめて静かにいふ
「さようなら」
「さようなら」
おお、清らかな熱い涙よ
（京城工業經營専門學校の壮行式にて頼む）

전투의 바람은 벌써 일어나 있다
그 손을 한번 만지면
비행기의 구름이 하늘에 가득차고
적을 격멸하는 폭탄 비는 내리겠지
그것을 나는 확신한다

아아! 당신들은 가는 자
또한 남는 자
군대에 모교의 명예와
학도의 긍지를 끝까지 지키라

씩씩한 헤어짐 속에
긍지로, 다시 겸허하게
열렬한 마음을 담아 조용히 말한다
"안녕"
"안녕"
오오! 맑고 뜨거운 눈물이여!

(경성공업경영전문학교의 장행식에서 낭독)

1944년 11월 『十一月號』

天業朝鮮

――皇國臣民への先驅を念ふ――

由利翠二

懸けて時一の行に到りたるこの瑞土は修く惜て

固あげて民さとぞして 天皇に大御稜威に浴る光しき

まつろひ まこと捧げてひとゝいとみそ安來りしと

の塊との民

につくしんのまことを身もて十億强朝鮮の民にべき

が付設けを

先驅けて いのちさゝげし 忠誠心何をさるべく念ふ

玉も

新しき世界を持てる命題をば身もて 宗宅るこ宏地と

の民

合邦の大詔あら光昇すべし一億の民今日何しる

何すれば今日をはかなく生くべきぞ 御稍を念はふ恋

あらなく

천업 조선
— 아시아 황국에의 선과제를 생각한다 —

유리 세이지

■해 귀일의 행동에 이르는 이 국토는 소중하고 사랑해

나라를 걸고 국민들 모여서 천황■
제사지내고 바쳐온 한길 30년 이땅 이백성
청일전쟁의 진심을 몸으로서 10억 아시아의 국민의 미래를 설계
한다
먼저달려가 목숨을 바친 충성심 어찌 이길까 돈도 보석도
새로운 세계를 기다리네 운명을 몸소 나타내는 마음의 국민
합방의 말씀 새롭게 받드는 1억의 국민 오늘 뭐하는가
창과 방패로 분발하는 의지가 없다면 무엇을 해도 오늘을 허무하게
살 것이다

負けじ魂　念ほえ難き心の限りつくして枯れみかどべ

いのちもて今日を清くべし天皇の国の　得哲といでた
てよ民

日つくる国のまさ大き震だむびて国つく
トする

貧しきこの郷土　ゆ……の
郷民

悲痛の天命とししゆこ……あげて　神のみは……夢な行
しそ

十億の亜細亜の　民を招きて　第一の行に　いゆけその
郷民

合邦のまことの本懐いのちもてつつしみ恐ぞ今日
のつとめゆ

この郷は亜細亜の民……あれよ……給ひし聚官念
え

목숨으로 오늘을 살아야 할 천황의 방패로 일어나오라 국민

나라 만드는 국가에 버금가는 국민이 모여 그 위세로 새 국가를

건설하네

새로운 이 향토 ■ 단지 ■ 생의 황민

선■의 천명 여기 ■ 신의 ■ 꿈 오점이여

10억의 아시아 국민을 이끌어 귀일의 길을 가라 황국민

합장의 진심의 본의 목숨을 걸고 ■ 오늘의 임무

이 나라는 아시아의 백성 늘어져 향해 ■

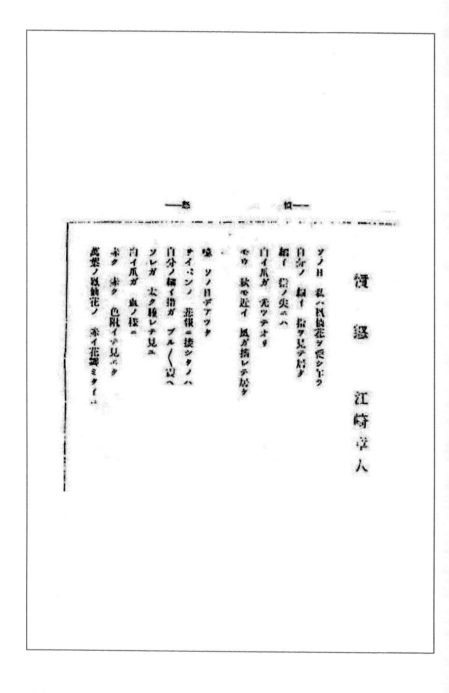

憧憬　　江崎幸人

ソノ日　私ハ秋桃花ヲ愛シテラ
自分ノ　細イ　指デ見テ居タ
細イ　指ノ尖ニハ
白イ爪ガ　光ツテオ
モウ　秋モ近イ　風ガ指レテ居タ

嗚呼　ソノ日デアツタ
サイ・ミンノ　悲慣ニ捜シタノハ
自分ノ細イ指ガ　ブル〳〵震へ
ソレガ　太ク腫レテ見ユ
白イ爪ガ　血ノ様ニ
赤ク　赤ク　色附イテ見ベク
萬墾ノ孤齢花ノ　赤イ花嫁ミタイニ

분노

에자키 아키토

그날 나는 봉선화를 사랑하면서
자신의 약한 옛날을 보고 있었다
약한■의 앞에는
하얀 발톱이 빛나고 있었다
벌써 가을 가까이 바람이 흔들리고 있었다

마침 그날이었다
사이판의 속보에 접한 것은
자신의 약한 손가락이 부들부들 떨려
그것이 굵게 부어보였다
하얀 손톱이 피처럼
빨갛고 빨갛게 물들여 보였다
만엽의 봉선화의 **빨간 꽃**■ 처럼

将ニ子供返方　後段ノ家財ニ　怒ハリ

名共　ヨー程ケタ　火イアル跡ガ

兄ノ供ニ　アナシク　罰ハリ

兄ハ　浅シイ　教ヘノ妻ニ治エテ

ソノ糖恕ハ　荻々トガリ

兄ハ　自分ノ綱イ指ハ　信恕サ々　縦ダ々

軒茎ノミ二頼ル濯吹ノ　祭祥リ

此ノ綱イ指デ　ヘシ折ラ々シマ〜ルダロウ　ト

ダガ　我ハ短ッペイ

網イ指ノ慎窓ガ　一億ノ慎慈ヘ二タ

此シク　軽滅へ　其ク力ヅ

モハトナ武練ニ　打ヲ腕ヲ周イ決立ヲ

嘘　ソノ目デアッタ

サイハンノ　蓮報ニ接シタノハ

狸搭ニモ　烈個花ナド　愛シア居タ

（文験民供）

부녀자 아이들이 최후의 안녕을 ■

전원■ 부서졌다 ■

■

■

■

나는 자신의 얇은 손가락에 증오를 느꼈다

■

이 얇은 손가락으로 꺽어■

나는 알고 있다

얇은 손가락의 분노가 1억의 분노가 되어

■전멸을 관철할 것

거대한 ■무찔러 이겨 개개인의 결의를

아아-그날이었다

사이판의 비보에 접한 것은

간■하게도 봉선화 등을 사랑하고 있었다

戰果を讚ふ　　竹矯　大忠

制霸皇軍陸海空　　偉功烈々要恩降

神風到處妖雲散　　四表光明大義中

전쟁의 성과를 칭찬한다

다케바시 히로노리

황군 육해공이 제패하네
신풍 도처에 불길한 징조의 구름이 흩어지네
위공이 열렬하여 성은이 내리네
대의 속에 광명이 사방에 나타나네

1945년 1월 『新年號』

初雪

則武三雄

月光かと思つたら
雪だつたといふ母——
雪ですつて！〈想出た私に
月光が溶く注いでゐた
乙年の初雪は
・昨婚のやうにはるかだ

첫 눈

노리타케 가즈오

첫 눈

달빛이라고 생각했더니
눈이라고 말하는 어머니
눈 때문에 계속(일어난 나에게)
달빛이 내리고 있었다

이 해 첫눈은
허혼처럼 갑자기

忘憂里

―― 杉本長夫に

水止成つてゐる梨の果を採つたら
溶くてぼつたりしてゐる
ましろい奥間に當をあぐると
生の汁液がながれこんだ
湧きたつてゐる泡あついしたり
かの高い窓にかかり
日の光に堪えながら
感激してゆくことを知つた

망우리

― 스기모토씨에게

나무에 줄어있는 과실 배를 따니
■해져 툭 떨어졌다.
새하얀 과육을 베니
생즙액이 흘러들어왔다
끓어오른 ■ 뜨거운 ■ 이다
그 높은 계단에 올라
태양빛으로 빛나면서
숙성해가는 것을 알았다

五 陵

やさしいふれきのなかで
一時間ほども居つたらうか、
その間に新枝の玉たちをすひてゐた
やさしい金の光が注いでゐた
草原がすでにひえびえとして
かへりの道も知らず
くれなづむ

오릉

아름답게 시들어가는 잔디 속에서
1시간 정도도 ■
마녀가 침을 뱉은 것일까
사람이 오지 않게 되고
몇 년이 된 것일까

散官

菊の花が散れ
前の花が炎えてゐる
寂の王宮の址ー
五百年ばかりの荒墟が
すつかり菊の原に化し
八月の日を忍びて眠つてゐる。

人のゐない
昆蟲に混穴

昆虫が唾をはいたのか
人が来なくなつて
何年になるだらう」

고궁

■꽃이 ■
■ 꽃이 불길이 일고 있다
한나라의 왕관처럼
5백년 동안의 공지가
완전히 ■의 들판으로 변하여
8월 햇살을 받아 ■
■
■
뜨겁게 ■
새하얀 과육이 ■
생즙액이 흘러들어왔다
샘솟아 오를 정도로 뜨겁게 방울져
그 높은 가지에 걸려
햇빛에 ■
성국해가는 것을 알았다

羈　旅

——慶州西方十三粁

と城に記いて　／

杖を上げて車を指した老人を忘れない

車によつた私に

それは習い本の中からゐらは北たやうに思は私た

老人が示したのは親密累習

——行水行花日將斜

私も又犬埴に背付けて

徇同として老人を後にした

さうて私が徑傾にでもこつたやうに

その日の愛愛の道底を歩いた

객지의 나그네

—— 영주 동방 13리
어느 땅에 대해 쓰며
지팡이를 들어 동쪽을 가르키는 노인을 아직 잊지 못한다
길을 잃은 나에게
그것은 옛날 책에서 나온 것처럼 생각되었다
노인이 보인 것은 조선 ■
—— 행수행화일장■
나도 또한 대지에 적어서
마치 ■라도 된 듯이
이날 최후의 도정을 걸었다

편역자소개

사희영 史希英

소속 : 전남대 일문과 강사, 한일 비교문학 일본근현대문학 전공
대표업적 : ① 논문 : 「근대 한일작가의 글쓰기 전략—『東洋之光』게재 소설을 중심으로—」,
『日本語教育』제99집, 한국일본어교육학회, 2022년 3월
② 저서 : 『잡지『東洋之光』의 詩 世界 <Ⅰ>』, 제이앤씨, 2022년 12월
③ 편역서 : 『(조선총독부 편찬) 초등학교 <歷史>교과서 번역』, 제이앤씨, 2018년 8월
④ 공저 : 『한국인 일본어 문학사전』, 제이앤씨, 2018년 12월

근대 암흑기문학 정체성 재건
잡지『東洋之光』의 詩 世界〈Ⅱ〉

초 판 인 쇄	2023년 12월 21일
초 판 발 행	2023년 12월 30일

편 역 자	사희영
발 행 인	윤석현
발 행 처	제이앤씨
책 임 편 집	최인노
등 록 번 호	제7-220호

우 편 주 소	서울시 도봉구 우이천로 353 성주빌딩
대 표 전 화	02) 992 / 3253
전 송	02) 991 / 1285
전 자 우 편	jncbook@hanmail.net

ⓒ 사희영 2023 Printed in KOREA.

ISBN 979-11-5917-238-0 93830   정가 30,000원